U0124823

我的生命哲思

梁晓声

著

贵州出版集团

贵州人民出版社

图书在版编目（CIP）数据

我的生命哲思 / 梁晓声著. -- 贵阳：贵州人民出版社，2022.8

ISBN 978-7-221-17031-6

Ⅰ. ①我… Ⅱ. ①梁… Ⅲ. ①散文集－中国－当代 Ⅳ. ① I267

中国版本图书馆 CIP 数据核字（2021）第 281318 号

我的生命哲思

WO DE SHENGMING ZHESI

梁晓声 / 著

出 版 人	王　旭
责任编辑	张　薇
装帧设计	王　鑫
出版发行	贵州出版集团　贵州人民出版社
地　　址	贵阳市观山湖区会展东路 SOHO 办公区 A 座
邮　　编	550081
印　　刷	天津旭丰源印刷有限公司
开　　本	620mm×889mm　1/16
印　　张	12
字　　数	146 千字
版次印次	2022 年 8 月第 1 版　2022 年 8 月第 1 次印刷
书　　号	ISBN 978-7-221-17031-6

定　　价　49.00 元

目

录

第三章   偶遇千年之交

第一章

做『减法』的人生

人生的意义在于承担

我曾多次被问到"人生有什么意义"。往往,"人生"之后还要加上"究竟"二字。

我想,"人生有什么意义"这一个问题,从本质上说,是从"现在时"出发对"将来时"的一种叩问,是对自身命运的一种叩问。世界上只有人才关心自身的命运问题。"命运"一词,意味着将来怎样,它绝不是一个仅仅反映"现在时"的词。

"人生有什么意义"这一个问题与人的思想活动有关,古今中外,解答可谓千般百种,形形色色。我也回答过这一问题,可每次的回答都不尽相同,每次的回答自己都不满意。

一般而言,儿童和少年不太会问"人生有什么意义"的话,他们倒是很相信人生总归是有些意义的,专等他们长大了去体会。老年人也不太会问"人生有什么意义"的话,问谁呢?中年人常问"人生有什么意义"。相互问一句,或自说自话一句。一切都似乎不言自明,于是相互获得某种心理的支持和安慰。因为他们是有压力的,压力常常使他们对人生的意义保持格外的清醒。人生的意义在他们那儿的解释是——责任。

是的，责任即意义。责任几乎成了大多数寻常百姓的中年人之人生的最大意义。对上一辈的责任，对儿女的责任，对家庭的责任，对单位对职业的责任。人只有到了中年时，才恍然大悟，原来从小盼着快快长大好好地追求和体会一番的人生的意义，除了种种的责任和义务，留给自己的，即纯粹属于自己的另外的人生的意义，实在是并不太多了。他们老了以后，甚至会继续以所尽之责任和义务尽得究竟怎样，来掂量自己的人生意义。

而在一些年轻人眼中，人生的意义就是享受，他们还没有受什么苦，也没有经历大的波折磨难，在他们看来，世界是美好的，人生要享受眼前的美好。如果他们经历了点什么困难，他们更有理由了——人活在这个世界这么苦，不好好享受对不起自己。

其实，这是大错特错的。我有一种结论，所谓"人生的意义"，它至少是由三部分组成：一部分是纯粹自我的感受；一部分是爱自己和被自己所爱的人的感受；还有一部分是社会和更多有时甚至是千千万万别人的感受。

当一个青年听到一个他渴望娶其为妻的姑娘说"我愿意"时，他由此顿觉人生饱满、有意义了，那么这是纯粹自我的感受。爱迪生之人生的意义，体现在享受电灯、电话等发明成果的全世界人身上；林肯之人生的意义，体现在当时美国获得解放的黑奴们身上。

如果一个人只从纯粹自我一方面的感受去追求所谓人生的意义，那么他或她到头来一定所得极少。最多，也仅能得到三分之一罢了。但倘若一个人的人生在纯粹自我方面的意义缺少甚多，尽管其人生作为的性质是很崇高的，那么在获得尊敬的同时，必然也引起同情。这是自我价值和社会价值的失衡。

权力、财富、地位、高贵得无与伦比的生活方式，这其中任何一种都不能单一地构成人生的意义。而勇于担当的人，即使卑微，对于爱我们也被我们所爱的人而言，可谓大矣！因为他尽到了自己的责任，他承担起了属于自己的义务。这样的人，尽管平凡渺小，但值得钦佩。

我和橘皮的往事

多少年过去了，那张清瘦而严厉的、戴六百度黑边近视镜的女人的脸，仍时时浮现在我眼前，她就是我小学四年级的班主任老师。想起她，也就使我想起了一些关于橘皮的往事……

其实，校办工厂并非是今天的新事物。当年我的小学母校就有校办工厂，不过规模很小罢了。专从民间收集橘皮，烘干了，碾成粉，送到药厂去，所得加工费，用以补充学校的教学经费。

有一天，轮到我和我们班的几名同学，去那小厂房里义务劳动。一名同学问指派我们干活的师傅，橘皮究竟可以治哪几种病？师傅就告诉我们，可以治什么病，尤其对平喘和减缓支气管炎有良效。

我听了暗暗记在心里。我的母亲，每年冬季都为支气管炎所苦，经常喘作一团，憋红了脸，透不过气来。可是家里穷，母亲舍不得花钱买药，就那么一冬季又一冬季地忍受着，一冬季比一冬季气喘得厉害。看着母亲喘作一团，憋红了脸透不过气来的痛苦样子，我和弟弟妹妹每每心里难受得想哭。我暗想，一麻袋又一麻袋，这么多这么多橘皮，我何不替母亲带回家一点儿呢？……

当天，我往兜里偷偷揣了几片干橘皮。

以后，每次义务劳动，我都往兜里偷偷揣几片干橘皮。

母亲喝了一阵子干橘皮泡的水，剧烈喘息的时候，分明地减少了，起码我觉着是那样。我内心里的高兴，真是没法儿形容。母亲自然问过我——从哪儿弄的干橘皮？我撒谎，骗母亲，说是校办工厂的师傅送的。母亲就抚摸我的头，用微笑表达她对她的一个儿子的孝心所感受到的那一份儿欣慰。那乃是穷孩子们的母亲们普遍的最由衷的也是最大的欣慰啊！

不料想，由于一名同学的告发，我成了一个小偷，一个贼。先是在全班同学眼里成了一个小偷，一个贼，后来是在全校同学眼里成了一个小偷，一个贼。

那是特殊的年代。哪怕小到一块橡皮、半截铅笔，只要一旦和"偷"字连起来，也足以构成一个孩子从此无法刷洗掉的耻辱，也足以使一个孩子从此永无自尊可言。每每的，在大人们互相攻讦之时，你会听到这样的话——"你自小就是贼！"那贼的罪名，却往往仅由于一块橡皮、半截铅笔。那贼的罪名，甚至足以使一个人背负终生。即使往后别人忘了，不再提起了，在他或她内心里，也是铭刻下了。这一种刻痕，往往扭曲了一个人的一生，改变了一个人的一生，毁灭了一个人的一生……

在学校的操场上，我被迫当众承认自己偷了几次橘皮，当众承认自己是贼。当众，便是当着全校同学的面啊！

于是我在班级里，不再是任何一个同学的同学，而是一个贼。于是我在学校里，仿佛已经不再是一名学生；而仅仅是，无可争议地是一个贼，一个小偷了。

我觉得，连我上课举手回答问题，老师似乎都佯装不见，目光故意从我身上一扫而过。我不再有学友了。我处于可怕的孤立之中。

我不敢对母亲讲我在学校的遭遇和处境，怕母亲为我而悲伤……当时我的班主任老师，也就是那一位清瘦而严厉的、戴六百度近视镜的中年女教师，正休产假。她重新给我们上第一堂课的时候，就觉察出了我的异常处境。放学后她把我叫到了僻静处，而不是教员室里，问我究竟做了什么不光彩的事。我"哇"地哭了……第二天，她在上课之前说："首先我要讲讲梁绍生（我当年的本名）和橘皮的事。他不是小偷，不是贼。是我嘱咐他在义务劳动时，别忘了为老师带一点儿橘皮。老师需要橘皮掺进别的中药治病。你们再认为他是小偷，是贼，那么也把老师看成是小偷，是贼吧！"

　　第三天，当全校同学做课间操时，大喇叭里传出了她的声音。说的是她在课堂上所说的那番话……从此我又是同学的同学、学校的学生，而不再是小偷不再是贼了。从此我不想死了……我的班主任老师，她以前对我从不曾偏爱过，以后也不曾。在她眼里，以前和以后，我都只不过是她的四十几名学生中的一个，最普通的最寻常的一个……

　　但是，从此，在我心目中，她不再是一位普通的老师了。尽管依然像以前那么严厉，依然戴六百度的近视镜……在"文化大革命"中，那时我已是中学生了，没给任何一位老师贴过大字报。我常想，这也许和我永远忘不了我的小学班主任老师有某种关系。没有她，我不太可能成为作家。也许我的人生轨迹将彻底地被扭曲、改变，也许我真的会变成一个贼，以我的堕落报复社会。也许，我早已自杀了……

　　以后我受过许多险恶的伤害，但她使我永远相信，生活中不只有坏人，像她那样的好人是确实存在的……因此我应永远保持对生活的真诚热爱！

复黄益庸
——生活、知识、责任

黄益庸老师：

　　读到了您写给我的信。衷心感谢您对我的创作表达出真诚的关心。我并不仅仅把您的信看成是写给我个人的。这封信那么诚挚地体现了文学界一代人对另一代人的勉励、期望和告诫。我们的文学事业是多么需要这种关心！但愿我们的文学事业能够一代接替一代，一代超过一代！

　　我在创作心理上至今不能克服一种自卑感。我的许多平庸之作都是在对自己的平庸要求下"生产"的。现在标尺提高了，创作对我来说，比以前难得多了。因此我才感到"底气不足，文学基本功不足"。我要开始"积蓄实力"。

　　"好高骛远"的同时也要有点"自知之明"。《这是一片神奇的土地》虽有激情，但不够成熟。《西郊一条街》似乎老练，但有很明显的模仿痕迹。两篇作品虽然受到您和某些读者的好评，其实不能说明我的整个创作水平。我的三十几个短篇用您的话说，"在质量上颇见悬殊"；用我自己的话说，"贫瘠的土地上偶然生长出一两株有点价值的植物"。和许多青年作家相比，我绝不是一个有创作才能的人。唯一自慰的是，我还算刻苦，还算认真。我要以我的刻苦和认真，突破我自己现有的创作水平，或曰"超过自己"。

王蒙同志提出作家学者化的问题，我是很看重他提出的这个问题的。车尔尼雪夫斯基说："要使人成为真正有教养的人，必须具备三个品质：渊博的知识、思维的习惯和高尚的情操。"我们的古人朱熹也说过："博学之，审问之，慎思之，明辨之，笃行之。"两位学者兼思想家，诞生在不同的国度，历史年代相距远矣，却说出了那么贴近的话！这是发人深思的。

我认为，作家的学者化，这是当代和今后我们的文学事业对作家的并不算苛刻的要求。我们的许多作家和作者，是开始意识到了学者化的问题的。您在信中提到："杰出的作家对社会问题的敏感，往往不下于政治家和社会学家。"缺少广博的社会知识及生活知识，就不会有对社会问题及生活问题的敏感，也就难以产生创作欲望和冲动。

我是一个知识浅薄的人，在生活中我是个乏味的人。爱好极少，一切体育运动从小概少参加，只在大学里打过羽毛球。音乐知识几乎等于零，至今不识简谱。唯独对美术较为喜爱，但也仅仅是一般的喜爱，谈不到鉴赏。偶尔也翻翻医书，和我身体不好有关。对美术的欣赏爱好使我在创作中比较注意情境。医学常识曾为我提供过创作中的细节。作家大可不必附庸风雅，但多才多艺必对创作有益。尤其美术和音乐，与文学是有相通之处的。我是个"科盲"，科学知识也许才能达到小学六年级水平。我想我必须由一个知识偏狭而浅薄的人变成一个知识丰富些的人。凡有所学，皆成性格，皆成文章。

我同样看重深入生活的问题。诚然，每一个人都在生活之中，但每一个人的生活都有局限。作家反映生活的能力有很大的可塑性。只要有条件，有机会，深入生活是好事。对深入生活问题采取不屑一顾的态度，我以为起码是不明智的。当然，作家对哪一方面的社会生活发生兴趣，毫无疑问应当有自由抉择的权利。我们的时代，需要有反映各方面生活的文学和作家。

我目前很有点"作茧自缚"的味道。家、办公室，都在北影院内。两点成一线，规范了我的日常活动。我不熟悉当代农民，不熟悉当代工人，不熟悉当代知识分子，不熟悉当代一般市民，甚至也不熟悉当代二十至二十五岁之间的青年，更不熟悉当代干部阶层的生活。我只熟悉和我有过共同经历的当代"老青年"。而且熟悉的是他们——其实也是我自己的过去，对于他们的现在同样所知有限。

每个作家和作者都应有自己的创作"园林"。我的创作"园林"小得有点可怜。何况我对自己拥有的这片"园林"并不善"经营"，不是"厚积薄发"，而是"坐吃山空""乱砍滥伐"……因此深入生活的问题对我来说是重要的，也是迫切的。

文学家应当是热爱生活的人，如海洋学家热爱海洋。文学不是排遣或平衡自我心灵世界的游戏。也许有人是这样开始创作的，但我相信，当其成为严肃的作家之后，必会对自己的创作初衷加以否定。不但文学如此，科学亦然。据我所知，几何学在西方始于宫廷中的智力游戏，但真正的几何学家并非那些始终视几何学为"智力游戏"的人们。文学反映时代，这提法永不会错，也永不会过时。关键在于，作家要对时代作出真正文学性的反映。能否正确认识和解释时代是一回事，能否真正用文学反映时代是另一回事。这也就是作家与政治家、社会学家们的区别。

我不会去走"背对生活，面向内心"的创作道路。我深知自己的内心并不那么丰富，那里面空旷得很。我想，知识丰富、生活积累丰富的作家，其内心世界也必然丰富。丰富的内心世界，其实是包容着丰富的生活"元素"的，作家借此才可以产生丰富的艺术想象。内心世界宏大而丰富的作家，是绝不可能"背对生活"的。

大雕塑家罗丹认为，艺术的创作和欣赏首先是一种"精神的愉快"。他同时认为："但这不仅仅是精神愉快的问题，还有比这个更重要的。艺术向人们揭示人类之所以存在的问题：它指出人生的意义，使他们明白自己的命运和应走的方向。""艺术家给予人的教诲，内容是非常丰富的。""艺术所包含的思想，总还是要渗入到广大群众中去。"罗丹的这些艺术思想，表达了一个伟大资产阶级艺术家对社会的起码的责任感。我们对艺术的认识，当不应在罗丹之下。

对于这个问题，作家韩少功有些话说得极好。他说："有些文学朋友，以为'自我'是与生俱来的，对客观和现实毫无兴趣，似乎学习理论和了解实际都是庸人勾当，唯闭门玄思和静心得悟才能找到'自我'，才能体会到一种神秘而神圣的'天赋'存在……满足于在作品中痛苦地哀婉地抒发自己之私情，那么我们可以借用莱蒙托夫的诗回答：'你痛苦不痛苦，与我们有什么关系？'"

我是赞同少功的，他的话代表着我在这个问题上的观点，虽然觉得借用莱蒙托夫的诗，未免有点尖刻。

以为只有从"自我"中才能寻找到文学的"永恒价值"，这种观点貌似高深，实为浅薄。我认为，用"永恒"这个词谈论一部文学作品的价值并不恰当。也许"长久"两个字更为科学、更为准确。既曰"长久"，就意味着总会消衰。作品无论怎样辉煌、怎样伟大，也绝不可能与历史进程同终。只有文学本身才可能永恒地伴随着人类的历史。试问，中外哪一部伟大古典作品的艺术力量，不在历史的发展中削弱着时代的意义？时代意义的削弱，意味着一部作品的影响将在现实生活中淡薄，最终"归隐"到文学史上，载入史册，可谓"永恒"。但史毕竟是供人研究的，不是供人欣赏的。作品固然可以"传世"，可也别忘了，我们后人在阅读、评价这些"传世"之作时，不是从来都要高度赞誉它们在当时的影响么？只要我们能够用一点历史学家的眼光和头脑去看待、去思考诱惑人的"永恒"问题，就不会那么偏执、那么盲目地去追求所谓文学的"永恒价值"了。"传世之作"从来就不是那些漠视他所处的时代，而一心要写出"传世之作"的作家们写出来的。身在当代，而企图超然于当代，向往着在遥远的未来获得"永恒"，那不有点显得可笑么？对专执此念的文学朋友，我借贝尔纳的一句话说："过于相信自己的理论或设想的人，不仅不适于作出新发现，而且会做很坏的观察。"

导致某些作者走"背对生活，面向内心"的消极创作道路的原因究竟在哪里？我想，其一，是否因为"左"的文学思潮还没有彻底肃清，仍限制着某些作者的创作，因而使他们对文学的时代任务丧失信心，转而"背对生活，面向内心"？其二，是否也由于一些作者盲目接受了西方资产阶级文学思潮的影响呢？这一问题，我还想得不太清楚，得便幸望有以教之。

回信够长的了，就此打住吧！

祝您身体好！再次对您的关心表示感谢！

梁晓声

本命年杂感

今年是我本命年。

最切身的体会，是意识到自己开始和许多中年人经常迷惘地诉说到，或嘴上自我限制得很紧，但内心里却免不了经常联想到的一个字"接火"了。

这个字便是那令人多愁善感的"老"。

"老"也是一个令人意念沮丧心里恓惶的字。一种通身被什么毛茸茸的东西粘住，扯不开甩不掉的感觉。它的征兆，首先总是表现在记忆的衰退方面。

我锁上家门却忘带钥匙的时候越来越多了。仅去年一年内，已七八次了。

以前发生这样的事儿，便往妻的单位打电话。妻单位的电话号码是永远也记不清的。把它抄在小本儿上，而那小本儿自然不可能带在身上。每次得拨"114"询问。于是妻接到电话通告后，骑自行车匆匆往家赶。送交了钥匙，还要再赶回单位上班。再一再二又再三再四，妻的抱怨一次比一次甚，自己的惭愧也就一次比一次大。

于是再发生，就采取较为勇敢的举动，不劳驾妻骑自行车匆匆地赶回来替我开家门了。而冒险从邻家厨房的窗口攀住雨水管道，上爬或下坠到自己家厨房的窗口，捅破纱窗，开了窗子钻入室内。去年一年内，进行了七八次这样的攀爬锻炼。有一次四楼五楼和一楼二楼的邻家也皆无人，是从六楼攀住雨水管道下坠至三楼的，破了我自己的纪录。前年和大前年每年也总是要进行几次这样的攀爬锻炼的。那时身手还算矫健敏捷，轻舒猿臂，探扭狼腰，上爬下坠，头不晕，心不慌。正所谓"艺高人胆大"。自去年起就不行了，就觉身手吃力了。上爬手臂发颤了，攀不大住雨水管道了。下坠双腿发抖了，双脚也蹬不大稳了。人贵有自知之明，于是必得在腰间牢系一条长长的绳索保份儿险了。仅仅一年之差，"老"便由记忆扩散向体魄了，心内的悲凉也便多了几重。

也不只是出家门经常忘带钥匙，办公室的钥匙，丢了配，配了丢的，现有的一把，已是第五代"翻版"了。一个时期内再丢也无妨了，最后一次我配了十把。

信箱的钥匙也丢，丢了便得换一次锁。不好意思再求别人换锁，自己懒得换。干脆不上锁了。童影厂一排信箱柜中，唯一没锁的，小门儿上一个圆锁洞的，便是梁晓声的信箱无疑了。

春节前给《中篇小说选刊》的一位女同志回信，不知怎么，寄去的又是空信封。也不知写给她的信，塞往寄给另外什么人的信封邮走了。所幸非是情书，所幸没有情人。否则，非落得个自行的将绯闻传播的下场不可。

最使自己陷入难堪的，乃是其后的一件事儿——因替友人讨公道，致信某官员，历数其官僚主义作风一二三四诸条。同时给那受委屈的人去信，告知我已替他"讨公道"了。且言，倘无答复，定代其向更上一级申诉。结果，两封信相互塞错了信封。

于是数日后友人来长途电话说："晓声，坏了坏了，你怎么把写给某某官员的信寄给了我？"我说："别慌别慌，我再给他写一封信寄给他就是了嘛！"友人说："我能不慌么？你应该寄给我的信中，都写了人家些什么话呀？人家肯定也收到了，不七窍生烟才怪了呢！你给他本人写的信措辞都那么的不客气，该寄给我的信里，还不尽是骂人家的话呀？我完了，以后没好果子吃了。你这不是替我'讨公道'，你这等于是害我啊！"

所幸那官员的秘书同日也来了电话询问怎么回事儿，我急反问："那信给领导看了么？"她说："你又不是写给领导的，我怎么能给领导看呢？"我说："撕掉撕掉！塞错信封了。我近日再给领导写一封……"她说："我关心的是，你把本该寄给领导的信寄哪儿去了？如果让不该收到的人收到了，影响多不好呀？"我说："放心放心。那是绝不会的。本该寄给领导的那封信其实没寄出……我……我已经销毁了……"

而此事之后，与几位文学师长同住某招待所观看某电视剧——结束前两日往家中打电话，嘱妻将钥匙留在传达室（不敢随身带着住在招待所，怕丢了）。

有人见我不停地拨，就说兴许你家没人吧？我说不是家里没人，是电话中说——无此号码！这不是咄咄怪事嘛！对方说："是够怪的。晓声你不至于连你自己家的电话号码都记不清吧？"我不太有把握地说："我想，也不至于的吧？"最终还是不得不往厂里打电话，请总机值班员查查电话表上我家的电话号码告诉我……总机值班员连说好好好——我听出她在那一端强忍着笑。从始至终恰在一旁的林斤澜老，一本正经地说："晓声你以后不要再叫我老师了。咱俩就算平辈儿，论哥们儿得了。不过我还能记住我家的电话号码，冲这一点，我称你晓声老哥，似乎也称得的。"想想，不知将记错了的家中的电话号码，虔虔诚诚地抄给过多少人呢！天地良心，绝非成心的。三十儿晚上，给朋友们打电话——拨通了冯亦代老师家的电话，却开口给袁鹰老师大拜其年……

而拨通了邵燕祥老师家电话，耳听燕祥老师在那一端问找谁——竟一时的头脑空白，愣愣的说不出自己找谁。我想燕祥老师在那一端，必定以为是滋扰电话，静候数秒，也就挂断了。自己赶快看一眼小本儿，心中默念着"邵燕祥，邵燕祥"，继续重拨……

初二去看北影厂的老同事，下楼时一手拎垃圾袋儿，一手拎水果袋儿，在楼外抛掉一袋儿，只拎了一袋儿悠悠地往前走。途遇熟人，自然是互道一通儿拜年话儿。对方就盯着我手中的塑料袋儿，嗫嚅地问："晓声你这是……"我说："去看某某同志。没什么带的，带点儿水果……"见对方眼神儿不对，低头自看——哪里是一塑料袋儿水果！分明是一塑料袋儿垃圾！幸亏遇见了熟人，否则真拎将去，被热情地迎入门，大初二的，成什么事了呢！……

初三几位当年要好的知青战友相聚，瞧着其中一位，怎么也想不起人家姓名。人家却握住我手，笑问："叫不出我姓名了吧？咱们可两个月前还聚过的啊！"我却嘴硬："怎么会忘了你叫什么呢！""那你说我是谁？""你不是——那个谁么？你还在……那个单位么？""我是哪个谁？我在哪个单位？""放开我手！你先放开我手嘛！""再过十年八年我也能叫出你是谁呀！""不用过十年八年，现在就叫！叫不出来，我今天就不放开你手！""战友们，战友们，你们看这小子的认真劲儿！你们说我能把他的名字都忘了么？！"众战友相觑而笑，谁都不打算替我解围。那一顿饭，从始至终没心思吃什么。一直在心里暗想——这小子叫什么来着呢？猛地想起来了，举杯猝起，大叫——"×××我和你干这一杯！"众战友面面相觑。心中好生的快感，得意扬扬地说："×××，刚才是成心和你别劲儿呢！你说我怎么能把你的姓名都忘了呢？那也太可笑了吧！"果然可笑。众战友也果然一个个笑得前仰后合——我猛想起的是别人的姓名，张冠李戴了……

　　记忆力的减退，使自己对自己的记忆首先丧失信心。同事向我借过几盘录像带，我觉得还没还我。人家说还了。心想——肯定是自己记错了，那么录像带哪儿去了呢？我也是借的呀！不久同事不好意思地说："晓声我发现，录像带还在我那儿呐！"——敢情别人也有记忆力欠佳的时候。厂里交我看的一部剧本，记得又转给另一位同事看了，可他说："没在我这儿啊！"心想——肯定是自己记错了，那么剧本哪去了呢？下午作者要来当面听意见的呀！片刻同事不好意思地说："晓声对不起，那剧本儿是在我这儿，刚才找得太粗心……"

　　夜里失眠，冷不丁地想起——几个月前似乎向传达室的朱师傅借过几十元钱不曾归还。第二天带在身上，一边还钱一边不安地解释："朱师傅，我最近记忆不好，几个月前借您的钱，昨天才想起来……"不料朱师傅说："晓声你早还了！"厂里发了一张春节购物券——同事一再清清楚楚地告诉我，只能在哪家商场用，那商场在什么什么方位……妻去买时，自信地说："我认识！不就是在哪儿哪儿么？"觉得妻说的方位，和同事清清楚楚地告诉我的方位，相距实在太远了！有心纠正于妻，可一想——万一自己又记错了呢？于是将一份儿责任感闷在了心里。妻自然是兜了极大极大的一个圈子，跑了很多冤枉路，回到家里，发牢骚说为一张百十来元的购物券，太得不偿失了，搭上了两个半小时！我说："其实，你出门前，我就觉得你说的那地方不对。"妻生气地问:"那你怎么不告诉我对的地方?"我苦笑了一下,倍感罪过地回答:"事实证明你错了,我才有把握肯定自己当时是对的呀!在没证明你错了之前,我哪儿敢有那么大的把握呢?"

我是我们这一代人中,年龄不算最大也不算最小的一个。我们这一代,普遍地都开始记忆力明显减退了。尽管我们正处在所谓"年富力强"的年龄,我们过早地被"老"字粘上了。我们自己有时不愿承认,但个个心里都明白。我们宁愿这"老"首先是从体魄上开始的,但它却偏偏首先从心智上向我们发起了频频地攻击。是"三年自然灾害"时期营养不良造成的?还是十年"上山下乡"耗损太大造成的?抑或是目前上有老下有小自己责任多多因而都过早地患了"中年综合疲劳征"的结果?

我们这一代聚在一起,比前十年、前几年聚在一起时话都明显地少了,都大有一种欲说还休的意味儿了呢!我是早就欲说还休了。非说不可,三言两语,简明扼要地表达种意思罢了。

却还在孜孜地写作着。有时宁愿自己变成哑巴,只写不说算了。岂非少了项活着的内容么?似乎所剩精力体能,仅够支配极少的甚至是最单纯的生命活动了。

真是欲休还写欲休还写……

不定哪一天,便由欲休还写而欲写还休了。

于是常常徒自感伤起来……

何妨减之

　　某日，几位青年朋友在我家里，话题数变之后，热烈地讨论起了人生。依他们想来，所谓积极的人生肯定应该是这样的——使人生成为不断地"增容"的过程，才算是与时俱进的，不至于虚度的。我听了就笑。他们问："您笑是什么意思呢？不同意我们的看法吗？"我说："请把你们那不断地'增容'式的人生，更明白地解释给我听来。"

　　便有一人掏出手机放在桌上，指着说："好比人生是这手机，当然功能越多越高级。功能少，无疑是过时货，必遭淘汰。手机必须不断更新换式，人生亦当如此。"

　　我说："人是有主观能动性的，而手机没有。一部手机，其功能多也罢，少也罢，都是由别人设定了的，自己完全做不了自己的主。所以你举的例子并不十分恰当啊！"

　　他反驳道："一切例子都是有缺陷的嘛！"另一人插话道："那就好比人生是电脑。你买一台电脑，是要买容量大的呢，还是容量小的呢？"我说："你的例子和第一个例子一样不十分恰当。"他们便七言八语"攻击"我狡辩。我说："我还没有谈出我对人生的看法啊，

'狡辩'罪名无法成立。"于是皆敦促我快快宣布自己对人生的看法。

我说:"你们都知道的,我不用手机,也不上网。但若哪一天想用手机了,也想上网了,那么我可能会买小灵通和最低档的电脑。因为只要能通话,可以打出字来,其功能对我就足够了。所以我认为,减法的人生,未必不是一种积极的人生。而我所谓之减法的人生,乃是不断地从自己的头脑之中删除掉某些人生'节目',甚至连残余的信息都不留存,而使自己的人生'节目单'变得简而又简。总而言之一句话,使自己的人生来一次删繁就简……"

我的话还没说完,皆大摇其头曰:"反对,反对!"

"如此简化,人生还有什么意思?"

"面对丰富多彩、机遇频频的人生,力求简单的人生态度,纯粹是你们中老年人无奈的活法!"

我说:"我年轻时,所持的也是减法的人生态度。何况,你们现在虽然正年轻着,但几乎一眨眼也就会成为中老年人的。某些人之所以抱怨人生之疲惫,正是因为自己头脑里关于人生的'容量'太大、太混杂了,结果连最适合自己的那一种人生的方式也迷失了。而所谓积极的清醒的人生,无非就是要找到那一种最适合自己的人生方式。一经找到,确定不移,心无旁骛。而心无旁骛,则首先要从眼里删掉某些吸引眼球的人生风景……"

对方们皆黯然,未领会我的话。

我只得又说:"不举例了。世界上还没有人能想出一个绝妙的例子将人生比喻得百分之百恰当。我现身说法吧。我从复旦大学毕业时,二十七岁,正是你们现在这种年龄。我自己带着档案到文化部去报到时,接待我的人明明白白地告诉我,我可以选择留在部里的。但我选择了电影制片厂。别人当时说我傻,认为一名大学毕业生留在部级单位里，将来的人生才更有出息。可以一路在仕途上'进步'着！但我清楚我的心性太不适合所谓的机关工作，所以我断然地从我的头脑中删除了仕途人生的一切'信息'。仕途人生对于大多数世人而言当然意味着颇有出息的一种人生。但再怎么有出息，那也只不过是别人的看法。我们每一个人的头脑里，在人生的某阶段，难免会被塞入林林总总的别人对人生的看法。这一点确实有点儿像电脑，若是新一代产品，容量很大，又与宽带连接着，不进入某些信息是不可能的。然而判断哪些信息才是自己所需要的信息，这一点却是可能的。又比如我在四十岁左右时，结识过一位干部子弟。他可不是一般的干部子弟，只要我愿意，他足以改变我的人生。他又何止一次地对我说，趁早别写作了，我看你整天伏案写作太辛苦了！当官吧！先从局级当起怎么样？正局！我替你选择一个轻松的没什么压力的职位，你认真考虑考虑。我说，多谢抬爱，我也无须考虑。仕途人生根本不适合我这个人，所以你千万别替我费心。费心也是白费心。"

何以我回答得那么干脆？因为我早就考虑过了呀，早就将仕途人生从我的人生"节目单"上删除掉了呀！以后他再劝我时，我的头脑干脆"死机"了。

大约在我四十五岁那一年，陪谌容、李国文、叶楠等同行之忘年交回哈尔滨参加冰雪节开幕式。那一年有几十位台湾商界人士去了哈尔滨。在市里举行的欢迎宴会上，台湾商界人士对我们几位作家亲爱有加，时时表达真诚敬意。过后，其中数人，先后找我与谌容大姐"个别谈话"——恳请我和谌容大姐做他们在中国大陆发展商业的全权代理人。"投资什么？投资多少？你们来对市场进行考察，你们来提议。一个亿？两个亿？或者更多？你们只管直说！别有顾虑，我们拿得起的。酬金方式也由你们来定。年薪？股份？年薪加股份？你们要什么车，配什么车……"

话都说到这个份儿上了，不由人不动心，也不由人不感动。

我曾问过谌容大姐："你怎么想的呢？"

谌容大姐说："还能怎么想，咱们哪里是能干那等大事的人呢？"

她反问我怎么想的。

我说："我得认真考虑考虑。"

她说："你还年轻，尝试另一种人生为时未晚，不要受我的影响。"

我便又去问李国文老师的看法，他沉吟片刻，答道："我也不能替你拿主意。但依我想来，所谓人生，那就是无怨无悔地去做相对而言自己比较能做好的事情。"

那一夜，我失眠。年薪，我所欲也；股份，我所欲也；宝马或奔驰轿车，我所欲也。然商业风云，我所不谙也；管理才干，我所不具也；公关能力，我之弱项也；盈亏之压力，我所不堪承受也；每事手续多多，我所必烦也。那一切的一切，怎么会是我"比较能做好的事情"呢？我比较能做好的事情，相对而言，除了文学，还是文学啊！

翌日，真情告白，实话实说。返京不久，谌容大姐打来电话，说："晓声，台湾的那几位朋友，赶到北京动员来啦！"我说："我也才送走几位啊。"她又说那一句话："咱们哪是能干那等大事的人呢？"我说："台湾的伯乐们走眼了，但咱们也惭愧了一把啊！"

便都在电话里笑出了声。

有闻知此事的人，包括朋友，替我深感遗憾，说："晓声，你也把自己的人生搞得太消极、太狭窄了啊！人生大舞台，什么事，都无妨试试的啊！"

我想，其实有些事不试也可以知道自己的斤两。比如潘石屹，在房地产业无疑是佼佼者。在电影中演一个角色玩玩，亦人生一大趣事。但若改行做演员，恐怕是成不了气候的。做导演、作家，想必也很吃力。而我若哪一天心血来潮，逮着一个仿佛天上掉下来的机会就不撒手，也不看清那机会落在自己头上的偶然性、不掂量自己与那机会之间的相克因素，于是一头往房地产业钻去的话，那结果八成是会令自己也令别人后悔晚矣的。

说到导演，也多次有投资人来动员我改行当导演的。他们认为观众一定会觉得新奇，于是有了炒作一通的那个点，会容易发行一些。

我想，导一般的小片子，比如电影频道播放的那类电视电影，我肯定是力能胜任的。六百万投资以下的电影，鼓鼓勇气也敢签约的（只敢一两次而已）。倘言大片，那么开机不久，我也许就死在现场了。我曾说过，当导演第一要有好身体，这是一切前提的前提。爬格子虽然也是耗费心血之事，劳苦人生，但比起当导演，两种累法。前一种累法我早已适应，后一种累法对我而言，是要命的累法……

年轻的客人们听了我的现身说法，一个个陷入沉思。

我最后说："其实上苍赋予每一个人的人生能动力是极其有限的，故人生'节目单'的容量也肯定是有限的，无限地扩张它是很不理智的人生观。通常我们很难确定自己究竟能胜任多少种事情，在年轻时尤其如此。因为那时，人生的能动力还没被彻底调动起来，它还是一个未知数。但这并不意味着我们连自己不能胜任哪些事情也没个结论。在座的哪一位能打破一项世界体育纪录呢？我们都不能。哪一位能成为乔丹第二或姚明第二呢？也都不能。歌唱家呢？还不能。获诺贝尔和平奖呢？大约同样是不能的。而且是明摆着的无疑的结论。那么，将诸如此类的，虽特别令人向往但与我们的具体条件相距甚远的人生方式，统统从我们的头脑中删除掉吧！加法的人生，即那种仿佛自己能够愉快地胜任一切社会角色，干成世界上的一切事而缺少的仅仅是机遇的想法，纯粹是自欺欺人。"

一种人生的真相是——无论世界上的行业丰富到何种程度，机遇又多到何种程度，我们每一个人比较能做好的事情，永远也就那么几种而已。有时，仅仅一种而已。

所以即使年轻着，也须善于领悟减法人生的真谛：将那些干扰我们心思的事情，一而再，再而三地从我们人生的"节目单"上减去、减去、再减去。于是令我们人生的"节目单"的内容简明清晰；于是使我们比较能做好的事情凸显出来。所谓人生的价值，只不过是要认认真真、无怨无悔地去做最适合自己的事情而已。

花一生去领悟此点，代价太高了，领悟了也晚了。花半生去领悟，那也是领悟力迟钝的人。

现代的社会，足以使人在年轻时就明白自己适合做什么事。只要人肯首先向自己承认，哪些事是自己根本做不来的，也就等于告诉自己，这种人生自己连想都不要去想。如今浮躁二字已成流行语，但大多数人只不过流行地说着，并不怎么深思那浮躁的成因。依我看来，不少的人之所以浮躁着并因浮躁而痛苦着，乃因不肯首先自己向自己承认——哪些事情是自己根本做不来的，所以也就无法使自己比较能做好的事情在自己人生的"节目单"上简明清晰地凸显出来，却还在一味地往"节目单"上增加种种注定与自己人生无缘的内容……

中国的面向大多数人的文化在此点上扮演着很劣的角色——不厌其烦地暗示着每一个人似乎都可以凭着锲而不舍做成功一切事情。却很少传达这样的一种人生思想——更多的时候锲而不舍是没有用的，倒莫如从自己人生的"节目单"上减去某些心所向往的内容，这更能体现人生的理智，因为那些内容明摆着是不适合某些人的人生状况的……

第
一
章

文
化
断
想

关于传统文化之断想

当下，"弘扬传统文化"一说，似乎方兴未艾。

窃以为，"传统"一词，未尝不也是时间的概念——意指"从前的"。而"从前的"，自然在"过去"里。"过去"并没过去，仍多少地影响着现在，是谓"传统"。又依我想来，"传统文化"无非就是从前的文化。从前的文化中，有精华，也有糟粕。倡导"弘扬传统文化"者，自然是指从前的文化中的精华，这是不消说的。然而"文化"是多么广大的概念呀，几乎包罗万象。故不同的两个人甚或几个人都在谈论着文化，却可能是在谈论完全不同的两码事。

我自然是拥护弘扬优良的传统文化的。但我同时觉得，对于外国的文化包括西方的文化，"拿来主义"依然值得奉行，我这里指的当然是他们的优良的文化。我不赞成以"传统文化"为盾，抵挡别国文化的影响。我认为这一种"守势"的文化心理，也许恰恰是文化自卑感的一种反应。

"弘扬传统文化"也罢，"拿来主义"也罢，还不是因为我们对自己文化的当下品质不甚满意吗？弘扬传统文化，能否有利于提升我们自己的文化的当下品质呢？答案是肯定的——能。能否解决我们自己的文化的当下一切品质问题呢？答案是否定的——不能。我们说传统文化博大精深，几乎包罗万象；但也就是几乎而已，并不真的包罗万象。

以电影为例，这是传统文化中没涉及的。以励志电影为例，这是我们当下国产电影中极少有的品种，有也不佳。但励志，对于当下之中国，肯定是需要着力弘扬的一种精神。

一方面，我们需要；另一方面，我们自己产生的极少，偶见水平也并不高——那么，除了"拿来"，还有另外的什么法子呢？"拿来"并不等于干脆放弃了自己产生的能动性。"拿来"的多了，对自己产生的能动性是一种刺激。而这一种刺激，对我国"励志电影"的水平是很有益的促进。

《幸福来临之际》——这是去年的一部美国励志电影，由黑人明星所演。片中没有美女，没有性，没有爱情，没有血腥、暴力和大场面等商业片一向的元素。它所表现的只不过是一位黑人父亲带着他的学龄前儿子，终日为最低的生存保障四处奔波，每每走投无路的困境以及他对人生转机所持的不泯的百折不挠的进取信念罢了。然而它在全美去年的票房排行榜上名列前茅，使某些商业大片对它的票房竞争力不敢小觑。

然而我们的官方电影机构却不知为什么并没有引进这样一部优秀的电影。我们引进的眼似乎一向是瞄着外国尤其美国的商业大片的，并且那引进的刺激作用，或曰结果，国人都是看到了的。人家明明不仅只有商业大片，还有别种电影，我们视而不见似的，还"惊呼"美国商业大片几乎占领了中国电影院线，这是不是有点儿强词夺理呢？

我想，怎么分析这样一种文化心理才对，是犯不着非从古代思想家那儿去找答案的，更犯不着非回过头去找什么药方。非那么去找也是瞎忙活儿。问题出在我们当代中国人自己的头脑里。我们当代中国人患的究竟是一种什么样的文化病，还是要由我们当代中国人自己来诊断，自己来开药方的好。

话又说回来，引进了《幸福来临之际》又如何？在美国票房排行名列前茅，在中国就必然也名列前茅吗？恐怕未必。

那么另一个问题随之产生了——我们中国人看电影的心理怎么了？是由于我们普遍的中国人看电影的眼怎么了，我们引进电影的眼才怎么了吗？或者恰恰反过来，是由于我们引进电影的眼怎么了，我们普遍的中国人看电影的眼才怎么了吗？

我想，只归咎于两方面中的哪一方面都是偏激的，有失公正的。于是我想到了我们古代的思想名著《中庸》。我将《中庸》又翻了一遍，却没能寻找到令我满意的答案。这使我更加确信，"包罗万象"只不过是形容之词。

面对当下，传统是很局限的。孔孟之道真的不是解决当下中国问题，哪怕仅仅是文化问题的万应灵丹。

顺便又从《论语》中找，仍未找到，却发现了一段孔子和子贡的对话——"子贡欲去告朔之饩羊。子曰：'赐也，尔爱其羊，我爱其礼。'"

礼，我亦爱也。似乎，国人皆爱。但是如果今天有许多人以爱礼为冠冕堂皇的理由，主张重兴祭庙古风，而且每祭必须宰杀活禽活畜，则我肯定是坚决反对的。我倒宁肯学子贡，"告朔之饩羊"。吾国人口也众，平常变着法儿吃它们已吃得够多了，大可不必再为爱的什么"礼"，而又加刃于禽畜。论及礼，尤其是现代的礼，我以为还是以不杀生不见血的仪式为能接受。

我啰唆以上的一些话，绝不意味着我对传统文化有什么排斥，更不意味着我对古代思想家们心怀不敬。

我认为，如果我们觉得我们对于传统文化理应采取亲和的态度，那么我们首先应该从最普通的也最寻常的角度去接近之，理解之。如果我们觉得对于古代思想家们应满怀敬意，那么我们应该学习他们以思想着为快乐的人生观。而不可太过懒惰，将"我思故我在"这一句话，变成了"你（替我）思故我在"。

过几天便是"父亲节"了，有媒体采访我，非要我谈谈对于"父爱"的体会。我拗不过，最后只得坦率讲出我的看法，那就是——我认为我们的传媒近年来关于"父爱""母爱"的讨论，一向是有显然误区的。仿佛在我们中国人这儿，父爱仅仅是指父亲对儿女的爱，母爱当然也仅仅是母亲对儿女的爱，不能说不对。但是太不全面，不完满，不是父爱和母爱的全内涵。一味地如此这般地讨论下去，结果每每无形中导致儿女辈习惯于仅仅以审视的眼光来看父母。以父比父，以母比母，越比似乎越觉得父爱和母爱在自己这儿委实的"多乎哉，不多也"。

而我们的古人在诠释父爱和母爱方面，却比我们当代人要"人文"得多。父亲、母亲、亲人的这一个"亲"字，在古代是写作"親"的，加了一个"见"字，意味深长。"见"在古文中，与"视"是有区别的。在古文中，"视"乃动词，指"看"。"见"是指看的结果。"亲"字加上一个"见"字，是要通过文字提醒人们——父亲对你的爱，母亲对你的爱，你要看在眼里。视而不见，心灵里也就不会有什么反应。心灵里没有反应，父之亲也罢，母之亲也罢，亲人之亲也罢，也就全都等于虚无。虚无了，父爱也罢，母爱也罢，爱之再深再切，最终岂不还是应了那么一句话——"你爱我，与我何干？"

记者听得云里雾里，不甚了了。

我就只得又举了一个事例——上一学期，我对我所教的大三学子们进行期末考试，出了几道当堂写作题，其中一题是《雨》，允许写景，也可以叙事。写景者多，叙事者少。而一位来自农村的女生的写作，给我留下极深印象。她的父亲是菜农。天大旱，菜地急需浇灌。父亲万般无奈之下，只得花了一百元雇人用抽水机抽水。钱也付了，地也浇了，老天爷却骤降大雨。钱是白花了，力气是白费了。女儿隔窗望着瓢泼大雨中身材瘦小的父亲拉着铁锹，仰面朝天一动不动的样子，知道父亲心疼的不是力气，而是那转眼间白花了的一百元钱。一百元钱等于父亲要摘下满满一手推车豆角，而且要推到二十几里外的集市上去，而且要全部卖掉。

女儿顿时联想到了父亲曾对她说过的一番话："女儿，你千万不要为上大学的学费犯愁。你就全心全意地为高考努力吧。钱不是问题，有爸爸呢！"

于是女儿冲出家门，跑到父亲那儿，拉着父亲的一只手，拽着父亲跑回了家里，接着用干毛巾给父亲擦头发，擦雨泪混流的脸；再接着，赶紧替父亲找出一身干衣服……

女儿偎在父亲怀里低声说："爸，我是那么爱你……"

而那一位父亲，终于笑了。在我看来，这才是完满的父爱。

对于那一个女儿，此时此刻的父亲，实在是更值得写成"父亲"的。而对于那一位父亲，父爱不仅是付出，同时也是获得。

我当然并不是想要鼓吹繁体字。我只不过认为，如果我们真的要弘扬传统文化，其实很多时候不必大兴土木，劳民伤财。"我思，故传统在。"难以从传统里激活古为今用的，并且确实是我们的社会所急需的文化，我还是坚持那样的观点——"拿来主义"依然可行。

我在班上读了那名女生的作文，全班听得很肃静。我从那一种肃静中感觉到，引起了不少同学的共鸣。于是我更加明白——文化对于人心的影响，首先是好坏之分。过分强调"我们的""他们的"，是当质疑的文化思想。好比我教的那名女生，倘是外国留学生，我也要给她高分，也要在全班讲读……

中国人文文化的现状

我先朗诵一首台湾诗人羊令野的《红叶赋》：

我是裸着脉络来的，
唱着最后一首秋歌的，
捧出一掌血的落叶啊。
我将归向我第一次萌芽的土。

风为什么萧萧瑟瑟，
雨为什么淅淅沥沥，
如此深沉的漂泊的夜啊，
欧阳修你怎么还没有赋个完呢？

我还是喜欢那位宫女写的诗，
御沟的水啊缓缓地流，
小小的一叶载满爱情的船，
一路低吟到你跟前。

现在是一个多元化的时代，对文学的理解也以多元为好，一个人过分强调自己所理解的文学理念的话，有时可能会显得迂腐，有时会显得过于理想主义，甚至有时会显得偏激。而且最主要的是我并不能判断我的文学理念，或者说我对文学现象的认识是否接近正确。人不是越老越自信，而是越老越不自信了。这让我想起数学家华罗庚举的一个例子，他说人对社会、对事物的认识，好比伸手到袋中，当摸出一只红色玻璃球的时候，你判断这只袋子里装有红色玻璃球，这是对的，然后你第二次、第三次连续摸出的都是红色玻璃球，你会下意识地产生一个结论：这袋子里装满了红色玻璃球。但是也许正在你产生这个意识的时候，你第四次再摸，摸出一只白色玻璃球，那时你就会纠正自己："啊，袋子里其实还有白色的玻璃球。"当你第五次摸时，你可能摸出的是木球，"这袋子里究竟装着什么？"你已经不敢轻易下结论了。

　　我们到大学里来主要是学知识的，其实"知识"这两个字是可以，而且应当分开来理解的。它包含着对事物和以往知识的知性和识性。知性是什么意思呢？只不过是知道了而已，甚至还是只知其一，不知其二。同学们从小学到中学到高中，所必须练的其实不过是知性的能力，知性的能力体现为老师把一些得出结论的知识抄在黑板上，告诉你那是应该记住的，学生把它抄在笔记本上，对自己说那是必然要考的。但是理科和文科有区别，对理科来说，知道本身就是意义。比如说学医的，他知道人体是由多少骨骼，多少肌肉，多少神经束构成的，在临床上，知道肯定比不知道有用得多。

　　但是文科之所以复杂，是因为它不能仅仅停止在"知道"而已，尤其在今天这样一个资讯发达的时代。比如说我在讲电影、中外电影欣赏评论课时，就要捎带讲到中外电影史；但是在电影学院里，电影史本身已经构成一个专业，而且一部电影史可能要讲一学年。电影史就在网上，你按三个键，一部电影史就显现出来了，还需要老师拿着电影史划出重点，再抄在黑板上吗？

因此我讲了两章以后，就合上书了。我每星期只有两堂课，对同学来说，这两堂课是宝贵的，我恐怕更要强调识性。我们知道了一些，怎样认识它？又怎样通过我们的笔把我们的认识记录下来，而且这个记录的过程使别人在阅读的时候，传达了这种知识，并且产生阅读的快感？本学期开学以来，同学们都想让我讲创作，但是我用了三个星期六堂课的时间讲"人文"二字。大家非常惊讶，都举手说："'人文'我懂啊，典型的一句话就够了——以人为本。"你能说他不知道吗？如果我问你们，你们也会说"以人为本"；如果下面坐的是政府公务员，他们也知道以人为本；若是满堂的民工，只要其中一些是有文化的，他也会知道人文就是以人为本。那么我们大学学子是不是真的比他们知道得更多一点呢？除了以人为本，还能告诉别人什么呢？

如果我们看一下历史，三万五千年以前，人类还处在蒙昧时期，那时人类进化的成就无非就是认识了火，发明了最简单的工具武器；但是到五千年前的时候已经很不一样了，出现了城邦的雏形、农业的雏形，有一般的交换贸易，而这时只能叫文明史，不能叫文化史。

文化史，在西方至少可以追溯到公元前三千五百年，那时出现了楔形文字。有文字出现的时候才有文化史，然后就有了早期的文化现象。从公元前三千五百年再往前的一千年内，人类的文化都是神文化，在祭祀活动中，表达对神的崇拜；到下个一千年的时候，才有一点人文化的痕迹，也仅仅表现在人类处于童年想象时期的神和人类相结合生下的半人半神人物传说。那时的文化，整整用一千年时间才能得到一点点进步。

到公元前五百年时，出现了伊索寓言。我们在读《农夫和蛇》的时候，会感觉不就是这么一个寓言吗？不就是说对蛇一样的恶人不要有恻隐吗？甚至我们会觉得这个寓言的智慧性还不如我们的"杯弓蛇影"，不如我们的"掩耳盗铃"和"此地无银三百两"。我们之所以会有这种想法，是因为我们不能把寓言放在公元前五百年的人类文化坐标上来看待。公元前五百年出现了一个奴隶叫伊索，我个人认为这是人类第一次人文主义的体现。想一想，公元前五百年的时候，有一个奴隶通过自己的思想力争取到了自己的自由，这是人类史上第一个通过思想力争取到自由的记录。伊索的主人在世的时候曾经问过他："伊索，你需要什么？"伊索说："主人，我需要自由。"他的主人那时不想给伊索自由。伊索内心也不知道自己能不能获得，他经常扮演的角色也只不过是主人有客人来时，给客人讲一个故事。伊索通过自己的思想力来创造故事，他知道若做不好这件事情，他决然没有自由；做好了，可能有自由，也仅仅是可能。当伊索得到自由的时候，已经四十多岁了，他的主人也快死了，在临死前给了伊索自由。

当我们这样来看伊索、伊索寓言的时候，我们会对这件事、会对历史心生出一种温情和感动。这就是后来为什么人文主义要把自由放在第一位的原因。在伊索之后才出现的苏格拉底、柏拉图、亚里士多德，师生三位都强调过阅读伊索的重要性。我个人把它确立为人类文明史中相当重要的人文主义事件。还有耶稣出现之前，人类是受上帝控制的，上帝主宰我们的灵魂，主宰我们死后到另一个世界的生存。但是到耶稣时就不一样了，从前人类对神文化的崇拜（这种崇拜最主要体现在宗教文化中），到耶稣这里成为人文化，这是一种很大的进步。即使耶稣这人是虚构出来的，也表明人类在思想中有一种要摆脱上帝与自己关系的本能。耶稣是人之子，是由人类母亲所生的，是宗教中的第一个非神之"神"。我们要为自己创造另一个神，才发生了宗教上的讨伐。最后在没有征服成功的情况下，说："好吧，我们也承认耶稣是耶和华的儿子。"因为流血已不能征讨人类需要一个平凡的神的思想力。

那时是人文主义的世界，我们在分析宗教的时候，发现基督教义中谈到了战争，提到如果战争不可避免，获胜的一方要善待俘虏。关于善待俘虏的话一直到今天都存在，这是全世界的共识，我们没有改变这一点，我们继承了这一点，我们认为这是人类的文明。还有，获胜的一方有义务保护失败方的妇女和儿童俘虏，不得杀害他们。这是什么？是早期的人道主义。还提到富人要对穷人慷慨一些，要关心他们孩子上学的问题，关心到他们之中麻风病人的问题。后来，萧伯纳也曾谈到过这样的问题，及对整个社会的认识，认为当贫穷存在时，富人不可能像自己想象中一样过上真正幸福的日子，请想象一下，无论你富到什么程度，只要城市中存在贫民窟，在贫民窟里有传染病，当富人不能用栅栏把这些给隔离开的时候，当你随时能看到失学儿童的时候，如果那个富人不是麻木的，他肯定会感到他的幸福是不安全的。

我今天突然想到一个问题：英国、法国都有这么长时间的历史了，但我似乎从来没有接触过欧洲的文化人所写的对于当时王权的歌颂。但在孔老夫子润色过的《诗经》里，包括风雅颂。风指民间的，雅是文化人的，而颂就是记录中国古代的文化人士对当时拥有王权者们的称颂。这给了我特别奇怪的想法，文化人士的前身，和王权发生过那样的关系，为什么会那样？古罗马在那么早的时期已经形成了三权分立、元老院，元老院的形式还是圆形桌子，每个人都可以就关系到国家命运的事物来阐述自己的观点，并展开讨论。在那样的时候，也没有出现对渥大维称颂的诗句，而《诗经》却存在着，因为我们那个时候的封建社会没有文明到这种程度。

被王权利用的宗教就会变质，变质后就会成为统治人们精神生活的方式，因此在十四世纪时出现了贞洁锁、铁乳罩。当宗教走到这一步，从最初的人文愿望走入了反人性，在这种情况下出现的《十日谈》就挑战了这一点，因此我们才能知道它的意义。再往后，出现了莎士比亚、达·芬奇，情况又不一样了，我们会困惑：今天讲西方古典文学的人都会知道，莎士比亚的戏剧中充满了人文主义的气息，按照我们现在的看法，莎士比亚的戏剧都是帝王和贵族，如果有普通人的话，只不过是仆人，而仆人在戏剧中又常常是可笑的配角，我们怎么说充满人文主义呢？要知道在莎士比亚之前，戏剧中演的是神，或是神之儿女的故事，而到这里，毕竟人站在了舞台上，正因为这一点，它是人文的，就这么简单，针对神文化。

因此我们看到一个现象，在舞台上真正占据主角的必然是人上人，而最普通的人要进入文艺，需经过很漫长的争取，不经过这个争取，只能是配角。在同时代的一幅油画《罗马盛典》中，中间是苏格拉底，旁边是亚里士多德、阿基米德等，把所有罗马时期人类文化的精英都放在一个大的盛典里，而且是用最古典主义的画风把它画出来。在此之前人类画的都是神，神能那样地自信、那样地顶天立地，而现在人把自己的同类绘画在盛典中，这很重要，然后才能发展到十六、十七世纪的复兴和启蒙。我们今天看雨果作品的时候，看《巴黎圣母院》，感觉也不过是一部古典爱情小说而已，但有这样一个场面：卡西莫多被执行鞭笞的时候，巴黎的广场上围满了市民，以致警察要用他们的刀背和马臀去冲撞开人们。而雨果写到这一场面的时候是怀着嫌恶的，他很奇怪，为什么一个我们的同类在受鞭笞的时候，有那么多同类围观，从中得到娱乐？这在动物界是没有的，在动物界不会发生这样的情景：一种动物在受虐待的时候，其他动物会感到欢快。动物不是这样的，但人类居然是这样的。人文主义就是嘲弄这一点。

中华人民共和国成立以后的十几年间，由外国翻译过来的文学作品不像现在这样多，是有限的一些。一个爱读书的人无论借或怎么样，总是会把这些书都读遍的。屠格涅夫的《木木》和托尔斯泰的《午夜舞会》给我以非常深的印象。

《木木》讲的是屠格涅夫出生于贵族家庭，他的祖母是女地主。有一次他跟着祖母到庄园，看到一个高大的又聋又哑又丑的看门人。看门人已经成为仆人中地位最低的一个，没有人跟他交往。他有一只小狗叫木木，当女地主出现的时候，小狗由于第一次看到她，冲着女地主吠了两声，并且咬破了她的裙边。屠格涅夫的祖母命令把小狗处死。可想而知，那个人没有亲情，没有感情，没有友情，只有与那只小狗的感情，但他并没有觉悟到也不可能觉悟到我要反抗我要争取等，他最后只能是含着眼泪在小狗的颈上拴了一块石头并抚摸着小狗，然后把小狗抱到河里，看着小狗沉下去。

还有托尔斯泰的《午夜舞会》，讲的是托尔斯泰那时是名军官，在要塞做中尉。他爱上了要塞司令美丽的女儿，两人已经谈婚论嫁。午夜要塞举行舞会，他和小姐在要塞的花园里散步，突然听到令人恐怖的喊叫声，原来在花园另一端，司令官在监督对一个士兵施行鞭笞。托尔斯泰对小姐说："你能对你的父亲说停止吗？惩罚有时体现一下就够了。"但是小姐不以为然地说："不，我为什么要那样做，我的父亲在工作，他在履行他的责任。"年轻的托尔斯泰请求了三次。小姐说："如果你将来成为我的丈夫，对于这一切你应该习惯。你应该习惯听到这样的喊叫声，就跟没有听到一样。周围的人们不都是这样吗？"确实周围的人们就像没有听到一样，依旧在散步，男士挽着女士的手臂是那样地彬彬有礼。托尔斯泰吻了小姐的手说："那我只有告辞了，祝你晚安！"背过身走的时候，他说："上帝啊，怎么会做这样一个女人的丈夫，不管她有多么漂亮。"这影响了我的爱情观，我想以后无论我遇到多么漂亮的女人，如果她的心地像那位要塞司令官的女儿，或者她像包法利夫人那样虚荣，她都蛊惑不了我，那就是文学对我们的影响。

我从北京大串联回来的时候，走廊里挂满了大字报。我看到我的语文老师庞盈，从厕所出来，被剃了"鬼头"，脸已经浮肿，一手拿着水勺，一手拿着小桶。我不是她最喜欢的学生，但我那时的反应就是退后几步，深深地鞠个躬说："庞盈老师，你好！"她愣了一下，我听到小桶掉在地上，她退到厕所里面哭了。多少年以后她在给我的信中说："梁晓声，你还记得当年那件事吗？我可一直记在心里。"这也只能是我们在那个年代的情感表达而已。那时我中学的教导主任宋慧颖大冬天在操场里扫雪，没有戴手套，并且也被剃了"鬼头"。我跟她打招呼，"宋老师，我大串联回来了，也不能再上学了，谢谢你教我们政治，我给你鞠个躬。"这是我们只能做到的吧，但在那个年代这对人很重要。可能有一点点是我母亲教过我的，但是书本给我的更多一些。

正因为这样，再来看那些我从前读过的名著时，我内心会有一种亲切感。大家读《悲惨世界》的时候，如果不能把它放在那个时代的文化背景里来思考，那么我们还为什么要纪念雨果？他通过

《悲惨世界》那样一些书，使人类文化中举起人文主义的旗帜。他的这些书是在流亡的时候写的，连巴黎的洗衣女工都舍得掏钱来买。书里面写的冉·阿让，完全可以成为杀人犯的；里面最重要的话语就是当米里哀主教早晨醒来的时候，一切都不见了，唯一的财产也被偷走了。而米里哀主教说："不是那样的，这些东西原本就是属于他们的。穷人只不过把原本属于他们的东西从我们这里拿走了。没有他们根本就没有这些。银盘子是经过矿工、银匠的手才产生的。"这思想就是讲给我们众多的公仆听的。正因为雨果把他的思想放在作品里面，一定会对法国的国家公仆产生影响，我们为此而纪念他。人道精神能使人变得高尚，这让我们今天读它的时候知道它的价值。

我们在看当下的写作的时候，会做出一种判断，那就是我们的作品中缺什么？也就是以我的眼来看中国的文化中缺什么？我们经常说，我们在经济方面落后于西方多少年，我们要补上这个课，要补上科技的一课，要补上法律意识的一课，也要补上全民文明素质的一课。但是你们听说过我们也要补上文化的一课吗？好像就文化不需要补课。这是多么奇怪，难道我们的文化真的不需要补课吗？

五四时期我们进行人文主义启蒙的时候，西方的人文主义已经完成了它的任务。也就是说我们的国家进行初期人文启蒙的时候，西方的文化正处于现代主义思潮的时期。他们现在可以为文学而文学，为艺术而艺术，为形式而形式，甚至可以说他们可以玩一下文学，玩一下文艺，因为文学已经达到了它的最高值。我们不会理解现代主义，因为我们从来没有完成过。尽管五千年中我们的古人也说过很多话，其中比较有名的如"民为贵，君为轻，社稷次之"。这时人文到了一种很高的境界，可它没有在现实中被实践过。当我们国家陷入深重灾难的时候，西方已经在思考后人文了，关于和平主义，关于进一步民主，关于环保主义，关于社会福利保障。

我和两位老作家去法国访问，当时下着雨，一辆法国车挡在我们的前面，我们怎么也超不过去。后来前面那辆车停下了，把车开到路边。他说一路上他们的车一直在我们前面，这不公平，车上有他的两个女儿，他不能让她们觉得这是理所当然的。我突然觉得修养在普通人的意识里能培养到什么程度。

前几年我认识了一个德国博士生古思亭，中文名字非常美。外国人能把汉语学成这样的程度是相当不易的。那天一位中国同学请她吃饭，当时在一个小餐馆里，那位同学说这个地方不安全，打算换个地方。走到半路，古思亭对她说："要是面好了，而我们却走了，这是很不礼貌的。我得赶紧回去把钱交了。"从中我们可以看出人文到底在哪里。

人文在高层面关乎国家的公平、正义，在最朴素的层面，我个人觉得，人文不体现在学者的论文里，也不要把人文说得那么高级，不要让我感觉到"你不说我还听得清楚，你一说我反而听不明白了"。其实人文就在我们的寻常生活中，就在我们人和人的关系中，就在我们人性的质地中，就在我们心灵的细胞中，这些都是文化教养的结果，这也是我们学文化的原动力，而且是我们传播文化的一种使命。

我最后献给大家一首诗：

我是不会变心的

大理石

雕成塑像

铜

铸成钟

而我

是用真诚锻造的

假使

我破了

碎了

那一片片

也还是

忠诚

论"苦行文化"之流弊

　　理念好比粘在树叶上的蝶的蛹——要么生出美丽，要么变出毛虫。

　　不知从什么时候开始，从报刊上繁衍着一种荒唐又荒谬的文化意识，我把它叫作"苦行文化"的意识。

　　其特征是——宣扬文化人及一切文艺家人生苦难的价值，并装出很虔诚很动情的样子，推行对那一种苦难的崇拜与顶礼。

　　曹雪芹一生只写了一部《红楼梦》，而且后来几乎是在贫病交加，终日以冻高粱米饭团充饥的情况之下完成传世名作的。

　　在我看来，这是很值得同情的。我一向确信，倘雪芹的命运好一些，比如有条件讲究一点饮食营养的话，那么他也许会多活十年。那么也许除了《红楼梦》，他还将为后世再多留下些文化遗产……

　　有些人可不是这么看问题。他们似乎认为——贫病交加和冻高粱米饭团构成的人生，肯定与世界名著之间有着某种意义重大的、必然的联系。似乎，非此等人生，便断难有经典之作……

　　仿佛，曹雪芹的命，既祭了文学，那苦难就不但不必同情，简直还神圣得很了。

对于凡·高，他们也是这么看的。

还有八大山人……

还有瞎子阿炳……

还有古今中外许许多多命运悲惨凄苦的文化人和文艺家……

仿佛，中国文化和文艺的遗憾，甚至唯一的遗憾仅仅在于——中国再也不产生以自己的命祭文化和艺术，并且虽苦难犹觉荣幸之至犹觉神圣之至的人物了！

这真是一种冷酷得近乎可怕的理念。也无疑是一种病态的逻辑意识。好比这样的情形——风雪之日一名工匠缩在别人的洞里一边咯血一边创作，足旁行乞的破碗且是空的，而他们看见了却眉飞色舞地赞曰："好动人哟！好伟大哟！伟大的艺术从来都是这么产生的！"要是有谁生了恻隐之心欲开门纳之，暖以衣袍，待以茶饭，我想象，他们可能还会赶紧地大加阻止，斥曰："这是干什么？尔等打算破坏真艺术的产生么？！"

如果谁周围有这样的人士，那么请观察他们吧！于是将会发现，其实他们的言论和他们自己的人生哲学是根本相反的——他们不但绝不肯为了什么文化和文艺去蹈任何的小苦难，而且，连一丁点儿小委屈、小丧失都是不肯承受的。

但他们却总是企图不遗余力地向世人证明他们的文化理念的纯洁和至高无上。证明的方式几乎永远是礼赞别的文化人和艺术家的苦难。似乎通过这一种礼赞，宣言了他们自己正实践着的一种文化和艺术的境界。而我们当然已经看透，这是他们赖以存在，并且力争存在得很滋润很优越的招数。我想，文化人和艺术家自身命运的苦难，与成就伟大的文化和伟大的艺术之间的关系，虽然有时是直接的，但并非逻辑上必然的。鲁迅先生曾说过——"文章憎命达"。

当然这话也未必始于鲁迅之口，而是引用了前人的话。

这是有一定道理的。如果一个人生来有福过着王公般的生活，那么创作的冲动和刻苦，就将被富贵的日子溶解了。例外是有的，但是大抵如此。

鲁迅先生在一篇小品文中也传达过这样的观点——倘人生过于不济，天才便会被苦难毁灭。不要说什么大苦大难了，就是要写好一篇短文，一般人毕竟尚需一两个小时的安静。倘谁一边在写着，一边耳闻床上的孩子饥啼，老婆一边不停地让他抬脚，并一棵接一棵往他的写字桌下码白菜，那么他的短文是什么货色可想而知……

全世界一切与苦难有关的优秀的文学和艺术，优秀之点首先不在产生于苦难，而在忠实地记录了时代的苦难。纳粹集中营里根本不会产生任何文学和艺术，尽管那苦难是登峰造极的。记录只能是后来的事。"文化大革命"十年，中国之文学和艺术几乎一片空白，不是由于当年的文学家和艺术家都幸福得不愿创作了，而是恰恰相反。

这么一想，真是心疼曹雪芹，心痛凡·高，心痛八大山人和瞎子阿炳们啊……

在他们所处的时代，倘有文化人和艺术家的人生救济基金会存在着的话，那多好啊！

还有伟大的贝多芬，我们人类真是对不起这位千古不朽的大师啊！他晚年的命运竟那么的凄惨，我们今人在富丽堂皇的场所无偿地演奏大师的乐章，无偿地将他的命运搬上银幕，无偿地将他的乐章制成音带和音碟，并且大赚其钱时，如果我们居然还连他的苦难也一并欣赏，我们当代人多么的不是玩意儿呢！

"苦行文化"的意识，是企图将文化和艺术用某种崇敬意识加以异化的意识。而这其实是比文化和艺术的商业化更有害的意识。

因为，后者只不过使文化和艺术泡沫化。成堆成堆的泡沫热热闹闹地涌现又破灭之后，总会多少留下些"实在之物"；而前者，却企图规定文化人和艺术家的人生应该是怎样的，不应该是怎样的。并且误导世人，文化人和艺术家的苦难，似乎比他们留给世人的文化遗产和艺术经典更美！起码，同样的美……

不，不是这样的。文化人和艺术家的苦难，从来不是文化和艺术必须要求他们的，也和一切世人的苦难一样，首先是人类不幸的一部分。

我这么认为……

文学八问

1. 您对自己二十年的文学创作有没有一个概括的评价？

△较为勤奋。

2. 您觉得在自己的创作中最幸福的事情是什么？而最遗憾的又是什么？

△谈不上幸福。但感到欣慰的时候总是有过的。那就是作品受到读者喜欢的时候。就一种心情而言，那欣慰其实与一切热爱自己职业的人因工作完成得较好而受到称赞是一样的，没什么大的区别。遗憾的时候不少。自己没写好遗憾，自己认为写得不错却被读者拒绝也遗憾，被读者认为写得不错自己却明知没写好还遗憾。文学不像唱歌，一首歌演唱者在某种情况之下没唱好，失声、走调或唱错了词，被大喝倒彩，并非难以挽回的遗憾。下次在另一种情况之下，将同一首歌唱好就是了。而公开发表了的小说，一般是没有重写一遍再公开发表一次的机会的。只能在收入集子或再版时，做些文字的修改。改动甚大，失了原貌，便是另一篇作品了。我纵观自己迄今为止的全部作品，每觉遗憾多多。因文字的粗糙而遗憾，因缺乏细节而遗憾，因开篇的平庸或因结尾的落入俗套而遗憾。诸种遗憾，

当时写作过程中是意识不太到的。发表之初也是意识不太到的。这还不包括经某些读者公开或来信中所指出的用词不当、索引不确、记忆差误等等问题。所以，我常生一念，恨不能将五六百万字的作品篇篇章章、行行句句地重新润色一遍。但这不是说做就有足够的时间和精力投入去做的事。我只能在此向读者保证——某天一定要开始做……

3．您曾被认为是"知青文学"的代表，您怎样看待"知青文学"？

△我不是什么"知青文学"的代表作家。确切地说，我只能算是"北大荒知青文学"的"代表"。"北大荒文学"是一个概念，这一文学"品种"从二十世纪五十年代末六十年代初就产生于中国文坛了。比如《雁飞塞北》《大甸风云》以及由当年复转于北大荒的官兵作家们所创作的一系列优秀中短篇。电影方面还有《老兵新传》这样的经典之作。"知青文学"也是一个相当宽泛的文学概念。由于地域的不同，自然生活形态的不同，插队落户与兵团编制的不同，长期知青经历和短期经历的不同，使知青作家们曾对"知青文学"进行过色彩纷呈大相径庭的实践。我的知青小说根本代表不了"知青文学"，充其量是组成部分。严格地说甚至也不能算是"北大荒知青文学"的"代表"。只不过我写得多了，评论界姑妄言之，传媒界姑妄认可，读者姑妄信之，而我自由姑妄由之罢了。所谓"知青文学"，因与一代人的整体命运相关，故总被这一代人青睐着。我身为那总体中的一分子，主观感受太强，作品的主观色彩也太浓。我希望并期待有更客观视角更冷静理念思考更全面更成熟的大作品产生。这是我目前心有余而力不足的。

4．曾在北大荒生活过近二十年，我觉得北大荒有许多东西还有待于我们进一步认识，您是否还有写北大荒的愿望？

△我同意你的看法。我常有再写北大荒的愿望。而且是写长篇的冲动。但另一方面，我又总受当前社会生活的吸引，总有迫不及待地反映当前社会生活的激情迸发胸间。这种矛盾心态，我个人认为，其实与"浮躁"二字无关。更意味着是一种顾此失彼的无奈。所谓"鱼与熊掌，二者不可得兼"。故我某些小说，有意识地将当前人的社会生活与昨天的北大荒组合在一起，试图达到一种自己的创作满足感……

5. 您是否写出了令自己满意的作品，如果没有，会在什么时候实现这个愿望？

△有些作品当初是满意的，后来渐渐不满意了，甚至常常很沮丧。嫌恶自己总在不断地写，又总写不出更好的作品。这种沮丧每每困扰着我，纠缠着我。我这个作者几乎从来没有过什么良好感觉。这一点我自己最清楚。毕竟自小读过名著，知道经典是什么水平。我要克服的不是自满，而是沮丧，而是内心深处的大的自卑。故我常阿Q式地安慰自己——总有一天我会写出自己很满意的作品。我有我的明智。那就是——眼高手低，自卑到不敢写下去了，不能写下去了，便成了一个彻底被自卑压倒的人了。自己满意的作品只能由自己一个字一个字写出来。为了拥有它，就得写下去……

6. 您对中国当代文学有没有评价的愿望？

△过去有。现在完全没有。现在精力大不如前了，所以要特别的专一。连专一都未见得写得更好，怎肯分心？怎敢"花心"？

7. 您觉得在市场经济条件下文学在社会中应有怎样的社会功能？

△我个人认为，文学的社会功能从来是多样化的。这多样化的功能又从来不曾改变过。不曾被任何人的个人意志而转移。当然，这是指文学的世界性而言的。具体到某一个国家的某一个时期，文

学的一些功能曾被限制过、偏废过；文学的另一些功能曾被夸张过、神圣过。两种情况，都不利于文学的繁荣。中国迎来了市场经济，这对文学并不是"天灾"，更非"人祸"。细细一想，许多世界名著和世界级的文学大师，也都是在他们各个国家的市场经济条件下诞生的。《茶花女》和《汤姆叔叔的小屋》对于文学爱好者有同样的意义。我也不会去比较金庸和雨果谁更伟大。金庸代表文学的一种功能，雨果代表另一种，林语堂代表第三种，而鲁迅代表最特殊的一种。市场经济更适合文学的诸种功能共存，所以市场经济不是文学的末日。作家应有重视任何一种文学功能的绝对自由。这样才有利于"百花齐放"。具体到中国。我个人认为，从前在"百家争鸣"方面精力消耗太大了。而且一争一鸣，最终必上纲上线。现在情况好多了，都明白"百花齐放"比"百家争鸣"更重要更有意义了。再争再鸣一百年，莫如一百年内每年多出一百部作品。多不可怕，多才有优胜劣汰的前提和余地。倘越"争鸣"作品越少，那样的"争鸣"就可以休矣了……

8．在剧烈的文化变革中，作家是不是还需要一种相对恒定的文化信仰？

△当然需要。作家作为人没什么特殊性，所以"信仰"只能是相对的。好比"包办婚姻"的封建陋习消除了，男人女人都可以"自由恋爱"了，你怎么享受那"自由"的权利？你又怎么爱？爱什么？这就仁者见仁，智者见智了。就文学而言，仁智之见之争，古来由是。正因为有不同的文化和文学的信仰，才有不同的文化现象和文学现象。对于文化和文学根本不抱什么信仰，只作为一种适合于自己的职业行不行？就像开花店是一种职业行不行？我觉得不但行而且也合情合理。我从前不是这种观点。现在是这种观点了。我

不认为我的文化观和文学观因而低俗了。相反，我意识到，想象文化和文学是多么崇高的事，对于文化工作者是有害的，对于作家是有害的。因为那会进而想象自己不一般，不寻常——在文化特别发达了的今天，这具有自慕倾向和可笑性……

关于爱情文学的"规律"

这个问题，可以肯定地告诉大家——不是我写作的长项。我也以小说、散文或杂感的文字形式对"爱情"说三道四过，但是从未认真思考爱情文学竟有哪些"规律"。

依我想来，倘爱情在现实生活之中是有"规律"的，那么将肯定反映于文学中。

爱情在现实生活之中究竟有无"规律"呢？我认为是有的。是什么呢？

我想，首先是爱上了一个人；其次是也争取被那个人所爱；最好是两件事同时发生。我只有这么可怜的一点儿常识。

同时发生的情况，通常叫双方"一见倾心"，甚而"相见恨晚"。

倘一方已"名花有主"，而另一方已为人夫，那么爱情对于双方，无疑地有点儿成为"事件"的意味了。这种"事件"，如果成为文学、戏剧或影视的"中心事件"，那么它们当然就是"言情"的了。言就是说，就是讲，就是写出来。这会儿我用这个词，毫无对爱情文学的轻慢企图。尽管非我长项。

比如《安娜·卡列尼娜》——在两句关于幸福的家庭和不幸的

家庭的名言之后，托翁紧接着另起一行写道："奥尔良斯基家里，一切都混乱了。"为什么呢？因为"妻子发觉了丈夫和他们家从前的一个法国女家庭教师有暧昧关系，她向丈夫声明她不能再和丈夫在一个屋子里住下去了。这样的状态已经继续了三天……妻子没离开自己的房间一步，丈夫三天不在家了。小孩子们像失了管教一样在家里到处乱跑……"

安娜是赶往哥哥家平息风波的，结果她在火车上遭遇了渥伦斯基，也与她命运的悲惨结局打了个照面儿……

托尔斯泰为什么不从火车站直接写起？奥尔良斯基与渥伦斯基在站台偶见，他向后者讲起了他那社交界人人皆知的妹妹，以及他那在全世界都很有名望的妹夫……

又为什么不干脆从火车上写起？坐在同一包厢里的渥伦斯基的母亲——同样也是贵妇的女人，正向安娜讲她那风流无羁的儿子……

不是因为别的，正是因为，托翁他有意一开始就将某一类爱情的发生当成一类"事件"来展现……

我不太了解女人对男人有多少种爱的方式。对于爱情在男人这儿的方式，我也仅能说出如下，并且是小说告知我的几种：

第一，情欲占有式——比如《卡门》，比如《白痴》。书中的男人因长期占有不成，杀死了女人。无论在生活中，还是在文学中，我认为都是男人可耻的行径。当然，两部作品的意图并不在于道德谴责。前者的创作显然更是由于塑造典型人物卡门而激发的；后者在于揭示出男人病态的强占欲……

第二，情愫怜惜式——比如《红楼梦》。黛玉不是大观园里唯一美的少女，也非最美的。宝玉对她的爱，有"人生观"比较一致的原因，但另一个原因也许还因为，黛玉是在大观园里错综复杂的人际关系中，最容易陷入孤单无依之境的一个"妹妹"。除了是姥姥的贾母，谁还会真的替她的人生着想呢？所以宝玉一定要对她负起怜花惜玉的责任。生活之中许多男人对女人的爱，往往萌生于此点，或大量掺杂有那样的成分。文学作品中自然便不乏例子。宝玉和黛玉之间，甚至有点儿柏拉图的意味。他梦见秦可卿，与袭人初试云雨情，但与黛玉，虽心心相印，却又并不耳鬓厮磨、眉目传情。即或传，传的也常是各自心思。他们仅在一起偷看过一次《西厢记》罢了。宝玉对黛玉，是较典型的怜惜式的爱。是怜惜，不是怜悯。怜悯往往是同情的另一种说法。而怜惜，我以为，几乎是一个有性别的词，几乎专用以分析男人对女人的爱情才比较恰当。对象或人或物，都属娇弱、精致、易受损伤的一类，故"惜"之。"惜"是珍视之意。"惜"而甚，遂生出"怜"。"怜惜"一词，细咀嚼之，有怕，有唯恐的意味。怕自己"惜"得不周，怕所"惜"之人或物，结果真的被损伤了。因为太过精致，便又是经不大起损伤的，属于需"小心轻放"一类。黛玉各方面都是个太过精致的人儿。故宝玉爱她，每爱得小心翼翼。在宝玉，是心甘情愿；在黛玉，是她最为满足的一种被爱的感觉。太过精致的人儿，所祈之爱，每是那样的……

第三，负罪式——比如《复活》。第四，纨绔式——比如《悲惨世界》中芳汀的命运，便是由纨绔的大学生造成，他们"只不过是想开心开心"。第五，背信弃义式——如《杜十娘》中的李甲。第六，心胸狭隘的例子，如《奥赛罗》。自尊刚愎的例子，如高尔基的《马卡尔·楚德拉》——女人要向她求婚的男人当众吻她的脚。她并不是不爱他，但她高傲得那样，一种特质的草原游走部落女人的高傲性格；结果他当场杀死了她，随后才跪下吻她的脚。义无反顾，宁要爱情不要王位的例子，那就算温莎公爵做得最干脆了……

女性对男人的爱，以文学作品而言，从前打动我的是《茶花女》和《简·爱》，《乱世佳人》也是不能不提的，那是双方都很执着的一种爱。执着，又企图驾驭对方。双方终于还是谁也没有驾驭得了谁，于是只有爱吧！某种爱有克服一切外在的和内心障碍的能量。

我理解诸位提出你们的问题，其实是在想——如果有些规律，循而写之，不是讨巧吗？那么，在现实生活中，有谁是预先谙熟了爱情的一切规律再开始恋爱的吗？循着所谓创作的规律去写作，那也只能写出似曾相识的作品。当然我也很不赞同"想怎么写就怎么写"的主张。无论在现实生活中，还是文学作品中，爱情发生和进行的过程本质上都是差不多的，甚至可以说是千篇一律，连在神话中都是这样。靠什么区别？——靠情节。靠什么使那情节可信而又有吸引阅读的魅力？——靠细节。诸位若有心表现校园里的爱情"事件"，常觉力有不逮的是什么，我猜首先是情节和细节两方面。情节司空见惯也没什么，爱情本身就是司空见惯的现象。但为一写而储备的细节也司空见惯，那就还不到该落笔的时候。如果根本没有什么细节储备，那就先别急着铺开稿纸。当然，现在诸位都不像我这样用笔写了——那就先别急着开启电脑。开启了，十指频敲，也是敲不出多少意思的。

有一种现象是——企图靠修辞替代细节，而那是替代不了的。一个好的细节，往往胜过几大段文字，反过来并不是那样。以为单靠情节就不必在细节上费心思，那也是徒劳的。谈开去，中国影视，在哪些方面往往功亏一篑？细节呀！人们对《英雄》颇多微词，以我的眼看，几乎没有剧情细节，而只有制作的细腻。

情节是天使，细节是魔鬼。

天使往往不太超出我们的想象，一旦出现，我们接着能预料到怎样；魔鬼却是千般百种的，总是比天使给我们的印象深得多……

我曾鼓励我的选修班的同学写校园爱情。校园里既然广泛发生着爱情，为什么不鼓励写呢？几名女生也写了，写得很认真。但我又不知如何看待，连意见也提不大出。因为我此前没思想准备，不知校园里爱情也进行得如火如荼，不了解当代学子的恋爱观，甚至也不了解诸位都在什么时候什么情况下幽会……

所以在指导校园爱情文本写作方面，我很惭愧，自觉对不起我的学生。但以后我会以旁观的眼注视大学校园里的爱情现象。旁观者清，那时我或会有点儿建议和指导什么的……

浅谈电影与文学

一九七九年秋末的一天傍晚，下着很大的雨，有一个外地青年来到了编辑部。他身上的衣服淋透了，嘴唇冷得有些发紫。他说，他是为了送自己写的电影剧本，专程从外地赶到北京来的。我接待了他。通过交谈，知道他才二十三岁，是河南某县农村中一个务农青年。他向我倾诉了自己对电影艺术的酷爱，表达了他将来要成为一个电影编剧家的志气和决心。然后，从书包里取出了自己写作的电影剧本——三个，极其郑重而又极其自信地交给了我。他希望我能尽早看完。因为他是借宿在别人家里的。考虑到他的具体情况，又见那三个剧本都并不很长，我应允他隔天上午来听答复。第二天一整天，我放下其他一切编辑工作，集中精力认真地阅读了这位青年写作的电影剧本。三个剧本都读完，我感到茫然了。我甚至不知道第二天见到他时，该对他说些什么。"剧本"毫无基础，没有半点经过扶植可能成功的希望。通篇都是错别字，语句不通，还没有掌握标点符号的常识性用法；更不必去谈结构、立意、人物、情节细节、电影化等其他诸方面了。可以说，他还不是一个文学青年。更严格说，他还不是一个具有起码文化知识水平的青年。当然，这绝不能怪他。十年"文化大革命"，剥夺了许多像他这样的青年的学习权利，耽误了许多青年的学习机会。而且有一点他还是令我感动和钦佩的——一个文化程度不高的农村青年（他还没有读完初中），在务农之余，写下近十万字的文字，仅仅这一点，就是需要一些毅力和恒心的。我想到在第一天的交谈中他告诉我，他的家乡那一年受灾，收成不好，工分很低，从河南到北京的路费，要花掉他全年工分收入的三分之一还多。于是我沉思起来，预想着第二天见到他应该怎样对他说，才能既不伤他的心，不使他感到是泼冷水，而又能够使他明确这样一点：对于他来说，首要的先是如何提高自己的起码的文化知识水平和一般文学素养。

要写作电影剧本的青年，首先应使自己成为一个文学青年，首先应该对文学的其他形式，如：诗歌、散文、特写、报告文学、短篇小说等，具有一定的欣赏能力和阅读水平，具有一定的写作水平或经验。没有这一点做起码的基础，我认为要创作电影剧本并获得成功，是无从谈起的事。仅凭热情、爱好、兴趣是不行的；仅有急于成功的个人愿望也是不行的，甚至可以说是无益的。

有没有并不认识这一点的青年呢？有的。编辑部每个月收到的数以百计的稿件中，相当多一部分就是这样一些青年写来的。

有一位青年在附信中写道："寄给你们的这个剧本，是依据我亲身经历过的一些事写的。我最先想把它写成短篇小说，实践中感到写小说很困难，便打消了念头。也曾想把它写成报告文学，但似乎对我来说更难写，于是决定还是写成电影剧本吧，果然几个晚上就写成功了……"

在这位青年看来，写一个电影剧本，竟是比写一篇短篇小说或报告文学容易得多的事！实际上并非如此。他的剧本写倒是写出来了，但距一般发表水平也还差得远，当然更不可能拍摄了。

还有一位青年在附信中写道："先从散文、小说等一般较短小的文学形式写起，写熟练了，摸索出一定的写作经验了，然后再写电影剧本，才有成功的可能……这一类文章我读过不少，这一类话我也听过不少，但我偏不信邪！电影就那么神秘吗？我偏要起手就从电影剧本写起，我不相信我不可能成功……"

这位青年的坦率是可敬的。电影当然并不神秘。世界上的许多事情，只要下决心去做，都有可能获得成功，都有可能取得成绩。做，就是实践。实践，是要讲究科学性的。科学性的实践，也就是合理性的符合一定规律的实践。只有这样的实践，获得成功的可能性才更大些。我们希望并建议某些酷爱电影创作的青年首先从其他文学形式，如从短篇小说实践起，这是写作电影剧本的一般规律。

可以这样认为，没有文学这位艺术母亲的哺育，便没有电影这位艺术女神的成长。迄今为止，电影史上记载下来的优秀的影片，大抵都是具有文学价值的影片。

一个电影编剧者或一个电影编剧家，他的文学功底、文学修养和文学素质如何，决定他写作出或优或劣的电影剧本来。一个文学功底浅薄，文学修养不高，文学素质低俗的人，即使能够写出电影剧本来，即使这样的电影剧本也发表了，也拍摄了，那也只能是一部平庸的影片。

如果要我给电影下一个"定义"的话，我这样认为：电影是用摄影机的"笔"写在胶片上的文学，不过依赖的不是文字表述手段，而是表演、导演、摄、录、美等艺术手段。电影可能也可以脱离戏剧的艺术程式，但永远也难以彻底脱离文学的属性。脱离了文学属性的电影，很难设想还能称其为电影艺术。电影与文学，像一母所生的两姊妹，既具有迥然不同的艺术特性，也具有彼此相同的艺术共性。既有特性，也有共性，哪一点更为重要呢？我认为是后者。因为，在一般情况下，后者更多地体现在内容方面。而前者更多地体现在形式方面。无论是一个电影编剧者还是一个电影编剧家，如果对电影内容的文学性方面重视不够，就算对电影的特殊表现手段再熟悉，能够掌握和运用得再巧妙，他也最多只能写出内容空洞贫乏，而形式似乎巧妙美好的剧本来。这正如一幅镶在框子里的画一样，是一个整体。倘若画本身并不怎样高明，框子制作得再精细堂皇，也难以被公认为一幅优秀的美术作品。

在这样一篇字数有限的文章中，又不吝惜笔墨去谈到一点电影史，无非是要进一步阐明一点：热爱电影创作的青年，首先应培养起对文学的兴趣；要提高自己的文学欣赏水平和文学修养；要有起码的文学创作实践；要积累起码的文学创作经验。科学方面有基础理论，电影艺术方面也有基础理论。要面对这个基础论，要承认这个基础论，要信服这个基础论。

诗歌、散文、小说……几乎所有的文学形式的素养，都对写作电影剧本大有益处。

比如古诗词："枯藤老树昏鸦……古道西风瘦马""窗含西岭千秋雪，门泊东吴万里船"。

简短的两句，就描绘出了优美的景色，就勾勒出了银幕上可见性很强的画面。

电影与文学相比，其主要的特性之一，就是前者诉诸视像，后者诉诸文字；前者强调可见性，后者强调可读性。古今中外，许多文学作品被改编成电影剧本搬上了银幕，不妨找些来看看，对比地看看。先看原作，后看改编的剧本，有可能的话，再看看搬上银幕的电影。看得多了，从中是可以找出某些规律性来的。

我自己在编辑工作之余，出于提高业务水平的目的，写过几篇短篇小说。有朋友怂恿我："你已经能够写小说了，为什么不尝试写电影剧本呢？"自己也不免地建立起一点自信心，于是真的就动笔写了。写是写出来了，但并没有成功。没有成功的原因，主要并不是因为我对电影的艺术特点还不够熟悉。这无疑是一方面的原因，但绝不是主要的原因。主要的原因是什么呢？是内容。主人公的时代脉搏、性格分寸、性格的逻辑和发展，情节的铺陈，细节的真实，矛盾的焦点，思想的开掘等等，等等。一句话，在电影剧本的文学基础方面并没有达到应有的水平。于是我对自己有了一个清醒的分析和认识。于是我不得不承认，自己在不甚熟悉电影艺术特性的同时，文学功底还是很不扎实的，文学修养还是很浅薄的。写作电影文学剧本，对于我来说，还需要较长期的、较深厚的文学基础的预备。

有的青年同志或许会反问："你是不是把电影和文学的关系，把电影的文学性夸大到了不相适的程度呢？"

不，并没有夸大。一个写作电影剧本的人，他的文学修养和水平越低、越肤浅、越模糊、越没有深厚的根基、越没有追求和提高的愿望，他就只能写出最一般化的，缺乏新意和深刻性的，"马马虎虎过得去"的平庸的剧本。即使他能接二连三地写出来，那也充其量是个"电影编剧匠"而已。

我如此强调一个写作电影剧本的人的文学修养和电影艺术本身的文学性，并不意味着我认为可以忽略电影的艺术特性。事实上，作家，包括优秀的作家，未必一定能够写出电影剧本来。某些文学性很强，文学价值很高的小说，也未必能够拍成一部优秀的影片。据说鲁迅先生也曾萌发过写作电影剧本的念头，后来终于还是放弃了。高尔基也曾很想接触电影，甚至亲自动笔写过几个剧本，但既没有发表出来，也没有拍摄出来。但这并非说明电影的艺术特性不可掌握，玄乎其玄。一般说来，电影的艺术特性，更多地体现在导演们的艺术劳动之中。

我阅读过许多这一类剧本，写得像导演的工作脚本一样，推、拉、摇、移、淡出、化入……许多电影艺术手段都运用到了，而且运用得还很熟练，导演拿着这样的剧本，简直就不必进行"艺术再创作"，可以直接拍摄了。但这一类剧本往往还是因其文学内容的贫乏而失去可扶植的价值。

目前，电影观众都在呼吁提高电影的艺术质量。电影的艺术质量，包括诸多方面。但我认为目前很需要提高的、也是必须提高的，仍是电影的文学性。进一步说，是电影编剧队伍本身的文学修养和文学素质。对于职业编剧尚且如此，对于我们热爱电影创作的青年，更是如此了。青年业余电影创作者，是电影编剧队伍的后备力量。此中，有一定生活阅历，有一定素材积累，有对社会对生活的独特见解，如果同时具有一定的文学修养和文学写作水平，如果这种修养和这种水平稳步提高的话，某些青年业余电影创作者，是有希望达到成熟的编剧水平的。

有些青年朋友曾对我说过这样的话："某某，某某，从来也没有过什么文学创作实践，一开始就写电影剧本，而且一举成名，这又作何解释呢？"

一举成名的事，文学界是有的，电影界也是有的。"成名"是结果，而"一举"之前，是有无数次"试举"的。人们习惯于看到别人成功的结果，而在此之前的种种努力，往往不太被人注意。

让我们把兴趣、爱好与热情，变成科学的、刻苦的学习态度，为我们将来可能写出较好的电影文学剧本而努力吧！

阅读一颗心

在为到大学去讲课做些必要的案头工作的日子里，又一次思索关于文学的基本概念，如现实主义、理想主义以及现实主义与浪漫主义的相结合等。毫无疑问，对于我将要面对的大学生们，这些基本的概念似乎早已陈旧，甚而被认为早已过时。但，万一有某个学生认真地提问呢？

于是想到了雨果，于是重新阅读雨果，于是一行行真挚的、热烈得近乎滚烫的、充满了诗化和圣化意味的句子，又一次使我像少年时一样被深深地感动。坦率地说，生活在仿佛每一口空气中都分布着物欲元素和本能意识的今天，我已经根本不能像少年时的自己一样信任雨果了。但我却还是被深深地感动。依我想来，雨果当年所处的巴黎，其人欲横流的现状比之世界的今天肯定有过之而无不及，人性真善美所必然承受的扭曲力，也肯定比今天强大得多，这是我不信任他笔下那些接近着道德完美的人物之真实性的原因。但他内心里怎么就能够激发起塑造那样一些人物的炽烈热情呢？倘不相信自己笔下的人物在自己所处的时代是有依据存在着的，起码是可能存在着的，作家笔下又怎会流淌出那么纯净的赞美诗般的文字呢？这显然是理想主义高度上升作用于作家大脑之中的现象。我深深地感动于一颗作家的心灵，在他所处的那样一个四处潜伏着阶级对立情绪、虚伪比诚实在人世间获得更容易的自由，狡诈、贪婪、出卖、鹰犬类人也许就在身旁的时代，居然仍对美好人性抱着那么确信无疑的虔诚理念。

是的，我今天又深深地感动于此，又一次明白了我为什么一向喜欢雨果远超过左拉或大仲马们的理由，我个人的一种理由；并且，又一次因为我在同一点上的越来越经常的动摇，而自我审视，而不无羞惭。

那么，让我们来重温一部雨果的书吧，让我们来再次阅读一颗雨果那样的作家的心吧。比如，让我们来翻开他的《悲惨世界》——前不久电视里还介绍由这部名著改编的电影。

一名苦役犯逃离犯人营以后，可以"变成"任何人，当然也包括"变成"一位市长。但是"变成"一位好市长，必定有特殊的原因。

米里哀先生便是那原因。

米里哀先生又是一个怎样的人呢？

他曾是一位地方议员，一位"着袍的文人贵族"的儿子。青年时期，还曾是一名优雅、洒脱、头脑机灵、绯闻不断的纨绔子弟。今天，我们的社会里，米里哀式的纨绔子弟也多着呢。"大革命"初期这名纨绔子弟逃亡国外，妻子病死异乡。当这名纨绔子弟从国外回到法国，却已经是一位教士了。接着做了一个小镇的神父。斯时他已上了岁数，"过着深居简出的生活"。

他曾在极偶然的情况下见到了拿破仑。

皇帝问："这个老头儿老看着我，他是什么人？"

米里哀神父说:"你看一个好人,我看一位伟人,彼此都得益吧。"

由于拿破仑的暗助,不久他由神父进而成为主教大人。

他的主教府与一所医院相邻,是一座宽敞美丽的石砌公馆。医院的房子既小又矮。于是"第二天,二十六个穷人(也是病人)住进了主教府,主教大人则搬进了原来的医院"。国家发给他的年薪是一万五千法郎。而他和他的妹妹及女仆,每月的生活开支仅一千法郎,其余全部用于慈善事业。那一份由雨果为之详列的开支,他至死没变更过。省里每年都补给主教大人一笔车马费,三千法郎。在深感每月一千法郎的生活开支太少的妹妹和女仆的提醒之下,米里哀主教去将那一笔车马费讨来了。因而遭到了一位小议院议员的诋毁,向宗教事务部长针对米里哀主教的车马费问题打了一份措辞激烈的秘密报告,大行文字攻击之能事。但米里哀主教将那每月三千法郎的车马费,又一分不少地用于慈善之事了。他这个教区,有三十二个本堂区,四十一个副木堂区,二百八十五个小区。他去巡视,近处步行,远处骑驴。他待人亲切,和教民促膝谈心,很少说教。这后一点,在我看来,尤其可敬。他是那么关心庄稼的收获和孩子们的教育情况。"他笑起来,像一个小学生。"他嫌恶虚荣。"他对上层社会的人和平民百姓一视同仁。""他从不下车伊始,不顾实际情形胡乱指挥。他总是说:'我们来看看问题出在哪里。'"他为了便于与教民交心而学会了各种南方语言。

一名杀人犯被判死刑,前夜请求祈祷。而本教区的一位神父不屑于为一名杀人犯的灵魂服务。我们的主教大人得知后,没有只是批评,没有下达什么指示,而是亲自去往监狱,陪了犯人一整夜,安抚他战栗的心。第二天,陪着上囚车,陪着上断头台……

他反对利用"离间计"诱使犯人招供。当他听到了一桩这样的案件，当即发表庄严的质问："那么，在哪里审判国王的检察官先生呢？"

他尤其坚决地反对市侩哲学。逢人打着唯物主义的幌子贩卖市侩哲学，立刻冷嘲热讽，而不顾对方的身份是一名尊贵的议员……

雨果干脆在书的目录中称米里哀主教为"义人"，正如泰戈尔称甘地为"圣雄甘地"；还干脆将书的一章的标题定为"言行一致"，而另一章的标题定为"主教大人的袍子穿得太久了"，正如我们共产党人的好干部，从前总是有一件穿得太久了补了又补的衣服……

雨果详而又详地细写主教大人的卧室，它简单得几乎除了一张床另无家具。冬天他还会睡到牛栏里去，为的是节省木柴（价格昂贵），也为了享受牛的体温。而他养的两头奶牛产的奶，一半要送给医院的穷病人。而他夜不闭户，为的是使找他寻求帮助的人免了敲门等待的时间……

他远离某些时髦话题，嫌恶空谈，更不介入无谓的争辩。在他那个时代诸如王权和教权谁应该更大的问题一直纠缠着辩论家们，正如在中国在我们这个时代姓"资"还是姓"社"的问题曾一直争辩不休。

而米里哀主教最使我们中国人钦服的，也许是这么一点——虽是一位德高望重的主教，却谦卑地认为"我是地上的一条虫"。米里哀主教大人作为一个人，其德行已经接近完美了。雨果塑造他的创作原则，也与我们中国人塑造"样板戏"人物的原则如出一辙而又先于我们，简直该被我们尊称为老师了。

我将告诉我的学生们，那就是经典的理想主义文本了，那就是经典的理想主义文学人物了。

于是，冉·阿让被米里哀主教收留一夜；陪吃了饱饱的一顿晚餐；半夜醒来却偷走了银器，天一亮即被捉住，押解了来让米里哀主教指认，主教却当其面说是自己送给他的，则就一点儿也不奇怪了。主教非但那么说，而且头脑里也这么认为——银器不是我们的，是穷人的，"他"显然是个穷人，所以他只不过拿走了属于自己的东西而已。

于是，冉·阿让"变成"马德兰先生、马德兰市长以后，德行上那么像另一位米里哀，在雨果笔下也就顺理成章了。其生活俭朴像之，其乐善好施像之，其悲悯心肠像之，其对待沙威警长的人性胸怀像之；总之几乎在一切方面都有另一位米里哀的影子伴随着他。一个米里哀死了，另一个米里哀在《悲惨世界》中继续前者未尽的人道事业。

连沙威也是极端理想主义的——因为绝大多数现实生活中的沙威们，其被异化了的"良心"是很不容易省悟的。即使偶一转变，也只不过是一时一事。过后在别时别事，仍是沙威们。人性的感召力对于沙威们，从来不可能强大到使他们投河的程度。他们的理念一般是由对人性的反射屏装点着的……

米里哀主教大人死时已八十余岁，且已双目失明。他的妹妹一直与他相依为命。雨果在写到他们那种老兄妹关系时，极尽浪漫的、诗化的、圣化的赞美笔触："有爱就不会失去光明。而且这是何等的爱啊！这是完全用美德铸成的爱！心明就会眼亮。心灵摸索着寻找心灵，并且找到了。这个被找到被证实的灵魂是个女人。有一只手在支持你，这是她的手；有一张嘴在轻吻你的额头，这是她的嘴；你听见身边呼吸的声音，这是她，一切都得自于她，从她的崇拜到她的怜悯，从不离开你，一种柔弱的甜蜜的力量始终在援助你，一根不屈不挠的芦苇在支持你，伸手可以触及天意，双手可以将它拥抱，有血有肉的上帝，这是多么美妙啊！……她走开时像个梦，回来却是那么的真实。你感到温暖扑面而来，那是她来了……女性的最难以形容的声音安慰你，为你填补一个消失的世界……"

有这样一个女人在身旁，雨果写道："主教大人从这一个天堂去了另一个天堂。"

如果忘记一下《悲惨世界》，那么读者肯定会作如是之想：这是《少年维特之烦恼》的炽烈的初恋渴望吧？这是《罗密欧与朱丽叶》中心上人对心上人的痴爱的倾诉吧？

但雨果写的却是八十余岁的主教与他七十余岁的妹妹之间的感情关系。这是迄今为止，世界文学史上仅有的一对老年兄妹之间的感情关系的绝唱，使我们在被雨果的文字感染的同时，难免会觉得怪怪的。因为在现实生活中，一对老年兄妹或一对老年夫妇，无论他们的感情何等的深长，到了七八十岁的时候，也每趋于俗态，甚至会变得只不过像两个在一起玩惯了的儿童……

那么我将告诉我的学生们，那就是浪漫主义的经典文本了。

雨果完成《悲惨世界》时，已然六十岁。他与某伯爵夫人的柏拉图式的婚外恋情，也已持续了二十余年。他旅居国外时，她亦追随而至，住在仅与雨果的住地隔一条街的一幢楼里，为了使他可以很方便地见到她。故我简直不能不怀疑，雨果所写，也许更是他自己和她之间的那一种。雨果死时，和他笔下的米里哀主教同寿，都活到了八十三岁。这一偶然性似乎具有神秘性。

《悲惨世界》的创作使命，倘仅仅为塑造两个德行完美的理想人物而已，那么雨果就不是雨果了。这是一部几乎包罗社会万象的书。随后铺展开的，是全景式的法国时代图卷。尤其将巴黎公社起义这一大事件纳入书中，无可争议地证明了雨果毕竟是雨果。

那么，我将告诉我的学生们，那便是现实主义的经典文本了。

我还将告诉我的学生们，在现实主义与理想主义、现实主义与浪漫主义的相结合方面，与雨果同时代的全世界的作家中，几乎无人比雨果做得更杰出。

而雨果的理想主义，始终是对美好人性和人道原则的文学立场的理想主义。这是绝不同于一切文学的政治理想主义的一种文本，故是文学的特别值得尊敬的一种品质。

在雨果的理念之中，人道原则是高于一切的。

我极其尊敬这一种理念。无论它体现于文学，还是体现于现实。

我深深地感动于一颗作家的心，对人道原则终生不变地恪守。我的感动，使我不因雨果在这一点上有时过分不遗余力的理想主义激情而臧否于他。如果我未来的学生们中竟有将自己的人生无怨无悔地奉献给文学者，我祈祝他们做得比我这一代作家好……

我们"拿什么送给"他们？

一、在回答这个问题之前，我想先谈谈我对这个问题的感受。大约十几年前，有几首很流行的歌曾特别打动过我。它们是《我的家乡并不美》《黄土高坡》《我拿什么送给你》《家乡才有九月九》等。也许歌名我说的不对，但某些歌词似乎至今仍印在脑海里，如"我的家乡并不美，低矮的草房苦涩的井水。男人为它累弯了腰，女人为它锁愁眉""不管过去了多少岁月，祖祖辈辈留下我。留下我一望无际唱着歌，还有身边这条黄河""风沙漫漫无边地走，什么都没改变""我拿什么送给你，我的小孩""走走走走走啊走，走到九月九，家乡才有美酒才有九月九"……除了"我拿什么送给你"，将以上歌的歌词串联起来，便基本是当年中国贫困省份的农村情形。那些歌当年唱出了中国农民儿女的心曲。中国之农民，已被愁苦生活压榨得近于麻木，只有他们的儿女，于麻木中仍执有些许之希冀。诸歌词中，尤那"什么都没改变"一句，听来最使人揪心，每听每欲落泪。然而那些毕竟是二十世纪八十年代前后的歌，"什么都没改变"，乃相对于中华人民共和国成立之后前三十年而言。应该承认，改革开放以来，特别是近二十年，农村的情况和农民的命运，却是发生了有目共睹的变化的。有些农村富了，有些农村脱贫了——而有些农村，依然贫穷落后着。各项益农政策，只不过使那些农村的农民于愁苦中得以喘息而已。他们收入的基本指望，是他们进城务工的儿女。那样一些农民的儿女，是那样一些农村的"精锐劳力军团"。若他们挣不回钱去，那样一些农村人家的日子是过不下去的。在全中国进城务工的农民儿女中，他们究竟占多少呢？目前未闻有统计数字。依我想来，大约比半数要多。并且，他们都将是"资深农民工"。哪一天为止，我们不知道，他们自己也不知道，差不多都是要由青年干到中年的吧？面临上有老下有小的人生阶段时，他们不干家庭生活会塌方的。

在这样一种大情况背景之下，"休闲"二字之于他们，确乎意味着是一种毫无设身处地感受的极想当然的说法。常言的"休"以要有环境条件为前提的，而"闲"是指心情不但足以放松，且较愉悦。我觉得，此两方面，对于他们似乎是奢望。故我非常理解第一个问题的质疑性质，而且也作如是想。所以我更愿这样讨论这个问题，即——在法定的节假休息日里，各级政府和社会各界关心他们的人，究竟能为他们做些什么，他们又实际需要哪些关心。我认为以下几点是可做的：（一）帮助他们提高依法维护自身种种权利之意识（工资按时应得权、工作安全保护权、工伤补偿权、居住条件权、饮食卫生权、性别平等权、女性不受骚扰权等等）；（二）传授日常疾病预防常识；（三）工伤互救常识；（四）突发事故应对常识；（五）授受城市文明约束，融入城市文明常识；（六）打官司的常识；（七）自我心理减压和调适常识；（八）人际交往常识；（九）不受骗上当的常识……

想到他们是些背井离乡肩负帮助家庭脱贫的孩子，应该也值得告诉他们的事不少。有些事，我自己在有关方面的组织下是做过的，时间通常是每年的小长假期间。我觉得大多数的他们也是爱听，且认为听了对自己有益……

二、他们的工作都很劳累，辛苦。休息日对于他们主要是补觉、歇乏。但情况不尽相同，极少数幸运的他们，成为厂区颇像样子的工厂的工人，居住情况也还过得去。那么他们虽劳累、辛苦，心情总归较为舒畅。那么，读书、技能讲座，甚至文娱爱好培训，也都是他们欢迎的。倘为他们举行慰劳性的文娱义演，他们自然是高兴的。但目前而言，能为他们想得如此周到的用人单位极少极少。那些终日劳作在流水线旁的他们，基本工资是低的。倘要多挣点，须加班加点。每日工作十三四小时是常事。所以他们更需要的往往是睡眠不是娱乐。那么，至于他们真的有点儿精力了应怎样娱乐，不必谁多操闲心——结伴吃大排档或"麻辣烫""串串烧"吗？在路边花两元钱唱一曲"马路红"式的卡拉OK吗？在网吧里玩几个小时的游戏吗？看场电影吗？逛逛公园商场吗？不碍事地坐那儿发呆吗？……随人家便好了。只要不沾染黄、赌、毒；不有碍观瞻；不违反城市管理条例，不必自作多情地操心。他们的自由选择和高兴，便当是我们城市里人的欣慰和高兴……

三、这个问题倒是提得好些，值得当成个问题进行讨论。城市社会是那么的不同于非洲部落和与世隔绝的山区；在城市社会，尤其全面商业化了的城市社会，若非立足于体面的物质水平之上，"生活得更有尊严"是一句空话。一户人家若连菜都买不起了，捡菜市场的菜叶以佐三餐，或孩子看到别人家吃肉便流口水，所谓尊严是没法自保的。前几年这样的人家还是有的，近年"低保"实行得较好，已少有所闻。"尊严"不仅仅与物质生活水平有关，其他方面姑且省略不谈，多谈谈"尊严的劳动"。让我们反过来说，如果一个劳动者，特别是做那种脏、累、挣钱又少的活儿的体力劳动者，如果仅仅被视为劳力，甚或命该如此的苦力，而不被当成也必须友善而礼貌地对待的一个人，则他或她根本不能感受到劳动者的尊严。这不应是一个向他们自身提出的问题，而主要应是对社会平等的叩问。几年前，我的眼多次见到类似《包身工》的劳动者，其中不乏少男少女；也见过类似"劳改苦工"的冉·阿让似的劳动者；还见过仿佛在中世纪奴隶作坊里干活的劳动者；甚至见过仿佛古埃及奴隶在建金字塔的大劳动场面。听说监工对他们的态度十分恶劣。他们的人身安全几乎无保障，吃住条件也很差，甚至有打手严防他们逃跑。他们的身份证、手机往往也遭扣留，讨要工资每被打骂……这等现象，何谈"有尊严的劳动"？这分明是社会的丑陋，是犯法现象。必须要有严厉的法律消除那种丑陋，并确保那些劳动者不受非人对待。在这方面，我们的法律和执法者实在是对那些被称为"老板"的人太仁慈了；某些地方官员屁股坐歪了，缺乏对劳动者起码的感情立场，听而不闻，视而不见，麻木不仁，直至闹出人命来，或被看不过眼去的人曝了光，才不得不作为一下。严厉的法律一经向社会公布，有胆敢挑战者，当像打击黑恶势力一样予以打击！

总而言之，"有尊严的劳动"也罢，"有尊严的生活"也罢，公休日的休息内容和质量也罢，如你所言，首先应立足于对政府对社会的建言，而不是反过来"教化"需要关注和关怀的劳动者，仿佛全是由于他们劳动得太愚钝生活得太乏情趣似的。启蒙他们的自我意识是必要的，启蒙社会良知则更必要。我们的社会太缺少人文情怀。"利益最大化"的贪欲法则侵向社会各个方面，使人与人、人与社会的一切关系似乎全都利益化了，有利而丧天良，无利而见死不救，这样下去是万万不可的！当今之中国，应大讲特讲"利益人文化"——天天讲月月讲年年讲！不管有些人多么烦，另外一些人也还是要讲，必须讲！

四、这首歌我听到过。极有情怀的一首歌。《卖火柴的小女孩》不是写给卖火柴的小女孩们看的！她们得卖掉多少包火柴才买得起一本安徒生的童话集呢？安徒生是多么善良的一个人啊！他不啻是两百年前整个欧洲的人道主义烘炉，他一个人就是一所"人文主义学校"。《卖火柴的小女孩》《小天使》《快乐王子》等等童话，主要是安徒生、王尔德们写给不至于在大冬天里卖火柴的男孩女孩们看的，而后者们大抵是中产阶级家庭的孩子，或是贵族家庭的孩子。安徒生们往他们心灵里播人文的种子，以使他们长大后成为一个"具有人文情怀"的人。这样的人多了，于是"良知社会"可以实现。

《春天里》既是为农民工兄弟姐妹们创作的，首先当然也是唱给他们听的。由他们自己唱来，感染力更强了。这首歌同时也感动了许许多多不是农民工的人，这一点更重要。否则，岂不成了农民工们自己感动自己了吗？

我们的社会还能被一首这样的歌所感动，这是我们对社会仍抱有不泯之希望的充分理由。我们的社会很需要这样的歌，这样的戏剧，这样的文学作品和电影电视剧；甚至，包括摄影和绘画……

在此时代，文艺不仅要彰显它的商业能动性，还要弘扬自身的人文情怀自觉性……

第

三

章

偶遇千年之交

关于真理与道理

各位同学：

前周课上，我们读了《书屋》的两篇文章。关于真理与道理，两篇文章观点相反。其一认为，真理之理才更真，因为绝大部分所谓真理相对于自然科学而言，如 1+1=2，水 + 摄氏 100 度 = 沸腾；我们还可以为其补充很多例子，如三角形两边之和大于第三边，如两点之间最短的线是直线等等。而人世间的道理，因带有显然的主观色彩，对错便莫衷一是，甚至往往极具欺骗性。与之相反的观点则认为，人世间的许多道理，虽然不能以科学的方法证明其对错，但却可以从人性的原则予以判断，比如救死扶伤，比如舍己为人，比如知恩图报；古往今来，人同此心，心认此理，遂成普世之理。这样的一些道理，早已成为共识，根本无须再经科学证明的，自然也不具有欺骗性，倒是所谓真理，往往被形形色色的权威人物长期把持着解说权，逐渐沦为愚弄大众的舆论工具，正因为前边冠以"真"字，本质上却又是荒谬的，所以比普世道理具有更大的欺骗性。

同学们也就以上两种相反的观点纷纷表达了自己的看法，也同样莫衷一是。

下面我谈谈我的一些看法，算是参与讨论，仅供大家参考。

一、据我所知，"真理"一词，对于我们中国人，其实是舶来词。原词当出于宗教，指无须怀疑的要义，最初指上帝本人对人类的教诲。

二、真理一词后来被泛用了。对于人类，某些自然科学方面的认识成果，也是无须怀疑的，而且无须再证明。于是这些认识成果，同样被说成是"科学真理"。

三、求真是人类的天性，怀疑也是人类的天性。人类社会的秩序，需要靠某些共识来维系。共识就是大家所认为是对的，反之为不对的。所谓普世价值观、普世原则，其实也就是这样一些道理而已。普世并非百分百的意思，是绝大多数的意思，使百分百的人类接受同一道理是根本不可能的。但有些道理，显然是接受的人越多越好。怎么才能使更多的人虔诚接受而不怀疑呢？除了将某些道理视为真理，似乎也再没有更好的方法。这便是"真理"一词从宗教中被借用到俗世中的目的。

四、但是现在，情况发生了变化，那就是——即使在自然科学界，"真理"一词也不常被使用了。因为，人类已经取得的认知自然世界的成果，其实用自然世界的真相来表述，显然比"真理"更为确切。何况，许多真相仍在被进一步探究，探究的动力依然是怀疑。而所谓"真理"，是不允许怀疑的。而不允许怀疑，是不符合科学精神的。

五、在一切社会学话题之中，"真理"一词更是极少被用到了。因为在人类社会中，某些普世的价值观念、普世的原则，历经文化的一再强调，已经被主流认可，人文地位相当稳定，进一步成了不可颠覆的共识。既然如此，那样一些道理，又何须偏要被说成是什么"真理"呢？比如人道主义。

六、当代人慎用"真理"一词，将从宗教中借用的这一词汇，又奉还给了宗教，意味着当代人对于自然科学界的"真"和社会现象中的"理"，持更加成熟也更加明智的态度了。科学真相比之于科学真理，表意更准确；普世共识比之于人间真理，说法也更恰如其分。今天，"真理"一词除了仍存在于宗教之中，再就是还存在于古典哲学中了。可以这样讲，真理和道理，哪一种理的真更多一些、骗更少一些——此争论，除了公开发生在两位中国知识分子之间，在别国知识分子之间，是不太会发生的。

七、那么，是否意味着两位中国知识分子闲极无聊，钻牛角尖呢？我觉得也不能这么认为。事实上我相当理解他们——在从前的中国，有太多的歪理，以"大道理"的强势话语资格，甚至干脆以"真理"的话语资格，堂而皇之地大行其道，不允许人们心存任何一点儿怀疑，要求人们必须绝对信奉。这一种过去时的现象，给两位中国当今的知识分子留下了太深的印象。那印象也许是直接的，也许是间接的。他们都试图以自己的文章，对今人做他们认为必要的提醒。我从中看出了两位中国知识分子的良苦用心。

八、我进而认为，表面看起来，他们的观点是那么对立，其实又是那么一致。一言真理才真，道理易有欺骗性；一言道理普世，于是为真，"真理"往往披着真的袈裟，却实属荒唐，怎么说又是"那么的一致"呢？

在从前的中国，歪理有时以"真理"的面目横行，有时也以"道理"的说教惑人。故一人鄙视那样的"真理"，一人嫌恶那样的"道理"，所鄙视的、所嫌恶的，都是实质上的歪理。

所以我说他们又是那么的一致。

究竟歪理伪装成真理的时候多，还是伪装成道理的时候多，这倒没有多大争执的必要了……

千年之交，我心肃然

每当我在万米高空向飞机舷窗外望去，云海苍茫，天穹无限，人类发达的科技所推进的如音时速，竟仿佛于"无限"之中完全停止不前……

那时我心肃然，顿悟具体的每一个人之渺小。不禁沉思渺小的我们每一个人存在着的意义，以及所谓人在真谛与世界规律之间亘古长惑的迷惘……

于是我心不但肃然，而且悸悸，敬畏着"无限"和"永远"这样的词汇，如敬畏神明。那时人心在空中却并不飘然，恰恰相反，会极冷静极客观甚至有些超现实地形而上地评估自己生命的价值。人的思想需要这样的时刻。每当我子夜猝醒，听钟声嘀嗒，想到我正处于两个日子混合一起的时间里，顿叹人生苦短。一株树也许活千年；一块山石饱经风雨侵蚀，却能多少世纪以来岿然耸立；而我们人的极有限的生命，却有三分之一是在睡眠中悄悄逝去的，幼年、少年和老年又占去了三分之一左右，在剩下的三分之一里我们究竟怎么活才算活得积极主动？才算对得起我们这一生命现象奇迹？无论我们对自己的人生满意不满意，它首先意味着是奇迹，而且注定了仅有一次，就像一颗露珠形成在叶片上仅有一次……

于是我心不但惆怅，而且忐忑。惆怅时间的流淌，忐忑于做着什么而又怀疑所做的值得与否。在千年之交，我心同样肃然。2000年的第一个日子的开始照例是从零点；2000年的第一个日子太阳照例从东方升起；这一个日子也照例来临在冬季……它真的与从前的一千年个日子有何不同么？它真的比以后一千年个日子特殊么？但一想到我的生命竟偶然经历这千年之交，肃然中心里还是有些异样。

我们并不总是有暇梳理自己以往的人生；也并不总是有情绪对自己以往所持的人生观作认真的自诘和思考。而不常梳理的人生是"状态"不透彻的人生，可能由于经验和教训的粘连不清而影响我们人生的质量；不常自诘和思考的人生观可能是执迷不悟的人生观，这样的人生观可能使我们心生出厌世的悲观……

于是我想——某些特殊的情境，某些不寻常的时刻，尤其某些千载一遇的日子，对于我们最主要的意义大约就在于——促使我们加倍珍惜我们的生命这一种奇迹。

于是我想——我们人类的一切文明和成就，乃是先人对我们的生命所做的贡献。我们珍惜生命的一种方式常体现于我们对先人的贡献的享受……

而我们又能为后人贡献什么？在他人为后人所做的杰出贡献中，可有我们的光和热？如果我们不能为人类科学做出贡献，我们还可为人类的文化留下只言片语；如果我们的生命并不能对世界和国家发生丝毫积极主动的影响，其实我们也不必沮丧，起码我们可以影响我们的亲友，起码在他们悲观的时候，我们能以我们的乐观安抚他们……

我们的乐观从何而来？难道不是在某些特殊的情境、时刻和日子里受到特殊启迪的结果么？在所有人生的启迪中，乐观的人生精神是最宝贵的。即使我们连我们的亲友也难以影响，我们毕竟还可以靠乐观影响我们自己、安抚我们自己。普遍的，大多数的正常过渡的人生，是足以因人的乐观精神而体会愉快的。在千年之交，我祈祝世界上乐观的人多起来……

西西弗斯及思想的"石头"

　　知青伙伴正在筹备"北大荒知青回顾展"，就此征求我的看法，促使我有了以下关于我们的经历和我们这一代人的一些粗浅的断想：回顾过去，乃为判断今天，思考将来。如果忘却是某种哲学，那么回顾便是一种责任。与土地与人民贴近过的岁月，纵然艰苦，纵然沉重，也是值得重新认识的。深透历史的思想，必能鼎足于现实。无论社会怎样评说我们，追踪我们的足迹，一代人的身影扑朔而来……除了一张"上山下乡喜报"，其实一代人当年别无选择……到处都是思想，思想的价值和魅力也便消失了，而观念正是这样走向庸俗的——"历史的经验值得注意"——我们应该牢记毛主席的提醒……

　　如果我是雕塑家，我将为当年的我们塑这样一尊雕像——一条腿屹立在荒原上，另一条腿长跪不起，一只手擎着改天换地的豪情高举过头顶，另一只手攥着脱胎换骨的虔诚扪于胸前。

　　一方面是一批热情沸腾的开拓者。另一方面是一些必须接受"再教育"的青少年。

　　时代将我们一劈两半——它指令我们的一半赴艰蹈苦一往无前；

教导我们的另一半阶级斗争路线斗争要"年年讲，月月讲，天天讲"。我们的灵魂深处要一次又一次地"爆发革命"。故我们与天斗，与地斗，与人斗，与己斗。

细细想来，当年我们的种种的"与人斗"，不正如今天所总结的中国人之"内耗"现象？当年我们的种种的"与己斗"，是否正是今天应以人类的文明之名义加以否定的"人性的扭曲"？

不错，开拓精神乃人类的崇高冲动。赴艰蹈苦永远是可歌可泣的事迹。但，四十万之众，历时十年之久，我们付出的青春、汗水、热血乃至生命，与应该创建的实绩并不成正比。因而沉淀下来的，若仅仅是时过境迁的个人经历的自我欣赏，忽略了对我们自身的自省，以及对历史的批判责任和义务，则我们便未免显得浅薄了……

我们曾像希腊神话中被巨人西西弗斯滚动的石头，我们曾像西西弗斯做过许许多多滚动石头般的无用功。

罗丹曾雕塑过不朽的"思想者"……

石头的"思想者"即或不朽也只不过是作思想状的石头而已。

我们经历了却没有形成那经历所赋予我们这一代的重要的思想，则我们仍不过是石头。我们过分耽于反思和自省，则我们好比罗丹的"思想者"的复制品。毕竟现代中国更需要脚踏实地做事情的人。

我们这一代应成为中国的几十万几百万几千万善于思想的"石头"。我们铺成通往中国之未来的路。有思想的"石头"才不再任凭上帝或巨神滚动。有思想的"石头"只应服从时代进程和人类文明进程的运用……

我们所经历的是一次浪漫主义的大移民。是一次理想主义的大演习。是"文化大革命"试图达到自身协调的一环。狂热的迪斯科旋律不能作为正常的进行曲。定音高八度的引吭高歌不可能一直唱下去。"大返城"实乃必然。在兵团史的第一页便埋下了这样的伏笔。最后的句号，不，删节号，乃是现实主义的。时代在我们身上留下了转折的痕迹……

我们的经历不是二万五千里长征。不是足以彪炳史册的光荣，更是不寻常的遭际。是我们的，也是时代的。曾经是"标兵"是"模范"的希望肯定它。曾引为自豪。今天仍在逆境之中的往事不堪回首……

这一切都是那么的可以理解。然而都不能借以评判整整一代人和一个时代。功与过其实已越来越分明。开拓精神是每一个民族都尊重的精神。

今天谈论北大荒最多的是四十余万人中最少的一部分。包括我自己。我们仍在逆境中默默奋斗的当年的知青伙伴，也许被生活鞭赶得连谈论的时间和精力都没有。他们对北大荒以及那里的人民之特殊感情并不亚于我们。甚至比我们的感情更是真诚的纯粹的一种感情。倘我们的谈论哪怕有丝毫的矫情或轻佻，都是对他们的名义的不尊和亵渎……

如果我们也能为他们做些什么他们愿望中的事，那将多好……

这个时代的"三套车"

　　我这个出生在哈尔滨市的人，下乡之前没见到过真的骆驼。当年哈尔滨的动物园里没有。据说也是有过一头的，三年困难时期饿死了。我下乡之前没去过几次动物园，总之是没见到过真的骆驼。当年中国人家也没电视，便是骆驼的活动影像也没见过。

　　然而骆驼之于我，却并非陌生动物。当年不少男孩子喜欢收集烟盒，我也是。一名小学同学曾向我炫耀过"骆驼"牌卷烟的烟盒，实际上不是什么烟盒，而是外层的包装纸。划开胶缝，压平了的包装纸，其上印着英文。当年的我们不识得什么英文不英文的，只说成是"外国字"。当年的烟不时兴"硬包装"，再高级的烟，也无例外地是"软包装"。故严格讲，不管什么人，在中国境内能收集到的都是烟纸。烟盒是我按"硬包装时代"的现在来说的。

　　那"骆驼"牌卷烟的烟纸上，自然是有着一头骆驼的。但那烟纸令我们一些孩子大开眼界的其实倒还不是骆驼，而是因为"外国字"。那是我第一次见到外国的东西，竟有种被震撼的感觉。当年的孩子是没什么崇洋意识的。但依我们想来，那肯定是在中国极为稀少的烟纸。物以稀为贵。对于喜欢收集烟纸的我们，是珍品啊！有的孩子愿用数张"中华""牡丹""凤凰"等当年也特高级的卷烟的烟纸来换，遭断然拒绝。于是在我们看来，那烟纸更加宝贵。

"文化大革命"中，那男孩的父亲自杀了。正是由于"骆驼"牌的烟纸祸起萧墙。他的一位堂兄在国外，还算是较富的人。逢年过节，每给他寄点儿东西，包裹里常有几盒"骆驼"烟。"造反派"据此认定他里通外国无疑……而那男孩的母亲为了表明与他父亲划清界限，连他也遗弃了，将他送到了奶奶家，自己不久改嫁。

故我当年一看到"骆驼"二字，或一联想到骆驼，心底便生出替我那少年朋友的悲哀来。

后来我下乡，上大学，在十年左右的时间里，竟再没见到"骆驼"二字，也没再联想到它。

落户北京的第一年，带同事的孩子去了一次动物园，我才见到了真的骆驼，数匹，有卧着的，有站着的，极安静极闲适的样子，像是有驼峰的巨大的羊。肥倒是挺肥的，却分明被养懒了，未必仍具有在烈日炎炎之下不饮不食还能够长途跋涉的毅忍精神和耐力了。那一见之下，我对"沙漠之舟"残余的敬意和神秘感荡然无存。

后来我到新疆出差，乘吉普车行于荒野时，又见到了骆驼。秋末冬初时节，当地气候已冷，吉普车从戈壁地带驶近沙漠地带。夕阳西下，大如轮，红似血，特圆特圆地浮在地平线上。

陪行者忽然指着窗外大声说："看，看，野骆驼！"

于是吉普车停住，包括我在内的车上的每一个人都朝窗外望。外边风势猛，没人推开窗。三匹骆驼屹立风中，也从十几米外望着我们。它们颈下的毛很长，如美髯，在风中飘扬。峰也很挺，不像我在动物园里见到的同类，峰向一边软塌塌地歪着。但皆瘦，都昂着头，姿态镇定，使我觉得眼神里有种高傲劲儿，介于牛马和狮虎之间的一种眼神。事实上人是很难从骆眼中捕捉到眼神的。我竟有那种自以为是的感觉，大约是由于它们镇定自若的姿势给予我那么一种印象罢了。

我问："它们为什么不怕车？"

有人回答说这条公路上运输车辆不断，它们见惯了。

我又问："这儿骆驼草都没一棵，它们为什么会出现在离公路这么近的地方呢？"

有人说它们是在寻找道班房，如果寻找到了，养路工会给它们水喝。

我说："骆驼也不能只喝水呀，它们还需要吃东西啊！新疆的冬天非常寒冷，肚子里不缺食的牛羊都往往会被冻死，它们找到几丛骆驼草实属不易，岂不是也会冻死吗？"

有人说："当然啦！"

有人说："骆驼天生是苦命的，野骆驼比家骆驼的命还苦，被家养反倒是它们的福分，起码有吃有喝。"

还有人说："这三头骆驼也未必便是名副其实的野骆驼，很可能曾是家骆驼。主人养它们，原本是靠它们驮运货物来谋生的。自从汽车运输普及了，骆驼的用途渐渐过时，主人继续养它们就赔钱了，得不偿失，反而成负担了。可又不忍干脆杀了它们吃它们的肉，于是骑到离家远的地方，趁它们不注意，搭上汽车走了，便将它们抛弃了，使它们由家骆驼变成了野骆驼。而骆驼的记忆力是很强的，是完全可以回到主人家的。但骆驼又像人一样，是有自尊心的。它们能意识到自己被抛弃了，所以宁肯渴死饿死冻死，也不会重返主人的家园。但它们对人毕竟养成了一种信任心，即使成了野骆驼，见了人还是挺亲的……"

果然，三头骆驼向吉普车走来。

最终有人说："咱们车上没水没吃的，别让它们空欢喜一场！"

我们的车便开走了。

那一次在野外近距离见到了骆驼以后，我才真的对它们心怀敬意了，主要因它们的自尊心。动物而有自尊心，虽为动物，在人看来，便也担得起"高贵"二字了。

后来我从一本书中读到一小段关于骆驼的文字——有时它们的脾气竟也大得很，往往是由于倍感屈辱。那时它们的脾气比所谓"牛脾气"大多了，连主人也会十分害怕。有经验的主人便赶紧脱下一件衣服扔给它们，任它们践踏任它们咬。待它们发泄够了，主人拍拍它们，抚摸它们，给它们喝的吃的，它们便又服服帖帖的了。

毕竟，在它们的意识中，习惯于主人是它们自身不可分割的一部分。

不久前，我在内蒙古的一处景点骑到了一头骆驼背上。那景点养有一百几十头骆驼，专供游人骑着过把瘾。但须一头连一头，连成一长串，集体行动。我觉有东西拱我的肩，勉强侧身一看，见是我后边的骆驼翻着肥唇，张大着嘴。它的牙比马的牙大多了。我怕它咬我，可又无奈。我骑的骆驼夹在前后两匹骆驼之间，拴在一起，想躲也躲不开它。倘它一口咬住我的肩或后颈，那我的下场就惨啦。我只得尽量向前俯身，但无济于事。骆驼的脖子那么长，它的嘴仍能轻而易举地拱到我。有几次，我感觉到它柔软的唇贴在了我的脖梗上，甚至感觉到它那排坚硬的大牙也碰着我的脖梗了。倏忽间我于害怕中明白——它是渴了，它要喝水。而我，一手扶鞍，另一只手举着一瓶还没拧开盖的饮料。既明白了，我当然是乐意给它喝的。可驼队正行进在波浪般起伏的沙地间，我不敢放开扶鞍的手，如果掉下去会被后边的骆驼踩着的。就算我能拧开瓶盖，也还是没法将饮料倒进它嘴里啊，那我得有好骑手在马背上扭身的本领，我没那种本领。我也不敢将饮料瓶扔在沙地上由它自己叼起来，倘它连塑料瓶也嚼碎了咽下去，我怕锐利的塑料片会划伤它的胃肠。真是怕极了，也无奈到家了。

它却不拱我了。我背后竟响起了喘息之声。那骆驼的喘息，类人的喘息，如同负重的老汉紧跟在我身后，又累又渴，希望我给"他"喝一口水。而我明明手拿一瓶水，却偏不给"他"喝上一口。

我做不到的呀！

我盼着驼队转眼走到终点，那我就可以拧开瓶盖，恭恭敬敬地将一瓶饮料全倒入它口中了。可驼队刚行走不久，离终点还远呢！我一向以为，牛啦、马啦、骡啦、驴啦，包括驼和象，它们不论干多么劳累的活都是不会喘息的。那一天那一时刻我才终于知道我以前是大错特错了。

既然骆驼累了是会喘息的，那么一切受我们人所役使的牲畜或动物肯定也会的，只不过我以前从未听到过罢了。举着一瓶饮料的我，心里又内疚又难受。那骆驼不但喘息，而且还咳嗽了，一种类人的咳嗽，又渴又累的一个老汉似的咳嗽。我生平第一次听到骆驼的咳嗽声……一到终点，我双脚刚一着地，立刻拧开瓶盖要使那头骆驼喝到饮料。偏巧这时管骆驼队的小伙子走来，阻止了我。因为我手中拿的不是一瓶矿泉水，而是一瓶葡萄汁。我急躁地问："为什么非得是矿泉水？葡萄汁怎么了？怎么啦？！"小伙子讷讷地说，他也不太清楚为什么，总之饲养骆驼的人强调过不许给骆驼喝果汁型饮料。我问他这头骆驼为什么又喘又咳嗽的。他说它老了，说是旅游点买一整群骆驼时白"搭给"的。我说它既然老了，那就让它养老吧，还非指望这么一头老骆驼每天挣一份钱啊？

小伙子说你不懂，骆驼它是恋群的。如果驼群每天集体行动，单将它关在圈里，不让它跟随，它会自卑，它会郁闷的。而它一旦那样了，不久就容易病倒的……

我无话可说，无话可问了。老驼尚未卧下，一动不动地站在原处，瞪着双眼睐视我，说不清望的究竟是我，还是我手中的饮料。

我经不住它那种望，转身便走。

我们几个人中，还有著名编剧王兴东。我将自己听到那老驼的喘息和咳嗽的感受，以及那小伙子的话讲给他听，他说他骑的骆驼就在那头老驼后边，他也听到了。

不料他还说："梁晓声，那会儿我恨死你了！"

我惊诧。

他谴责道："不就一瓶饮料吗？你怎么就舍不得给它喝？"

我便解释那是因为我当时根本做不到的。何况我有严重的颈椎病，扭身对我是件困难的事。他愣了愣，又自责道："是我骑在它身上就好了，是我骑在它身上就好了！我多次骑过马，你当时做不到的，我能做到……"我顿时觉他可爱起来。暗想，这个王兴东，我今后当引为朋友。几个月过去了，我耳畔仍每每听到那头老驼的喘息和咳嗽，眼前也每每浮现它睐视我的样子。

由那老驼，我竟还每每联想到中国许许多多被"啃老"的老父亲老母亲们。他们之被"啃老"，通常也是儿女们的无奈。但，儿女们手中那瓶"亲情饮料"，儿女们是否也想到了那正是老父老母们巴望饮上一口的呢？而在日常生活中，那是比在驼背上扭身容易做到的啊!

天地间，倘没有一概的动物，自远古时代便唯有人类。我想，那么人类在情感和思维方面肯定还蒙昧着呢？万物皆可开悟于人啊！

"划时代"
——韧性和力度

我觉得——"划时代"三个字是令人肃然的。它体现出锋利的韧性和直接的力度。它意味着对某种绵软无边或坚硬如磐石的现实，进行一举到底的切入，并对其进行终结式的分离。我们今天在此纪念的，便是一篇毫无疑问当得起"划时代"的重要的文章。二十年已经过去了，它成为"划时代"的重要的历史文献。

一个极端政治性的国家，一般不太可能"自然而然"地过渡向正常的经济时代。因为当国家一旦视政治为灵魂，政治必不甘于其灵魂地位的被取代，必顽强地干预国家向其他原则的过渡。当然，这里指的是专制的政治，"以阶级斗争为纲"的政治。不幸的是，一九七八年前的中国，正是这样一个典型的国家。过渡既然难以顺利，"转型"就将付出沉重的代价。某些与中国类似的国家的"转型"，说明了这一点。

所幸中国的"转型"较为平稳。我们几乎果断地转了一个直角弯，但是中国没有因而折断。《标准》这一篇历史文献，当年功不可没。它切入的韧性和力度，引导中国于迷惘中做出了坚定的抉择。

实际上我们也付出了沉重的代价，只不过代价付出于《标准》之前，代价之沉重和巨大，觉悟了人民。因而人民对于《标准》是拥护的。《标准》在当年是顺应民心党心的产物。它代表人民做山的抉择是负责任的。

《标准》本身也受实践的检验。尽管中国的商业时代还不够成熟，但是正在渐趋成熟，尽管我们的改革开放还时有剧烈的震荡现象发生，阵痛还在这些或那些方面延伸、持续，但是绝大多数中国人都不至于因而动摇和怀疑二十年前的抉择。只不过要求和希望做得更好、更稳，最大程度平息震荡，减轻阵痛。我们的人民是相当可敬的，承受力越来越强了。理性程度越来越高了。《标准》经受住了二十年间的实践的检验，人民的可敬乃此前提。

今天毕竟是二十年以后了，如果我们的思想再解放一点儿。如果我们对"真理"二字的理解再宽一点儿，比如是否可以理解为一切正确的认识、观点、方针、政策、国家原则、发展大略等等？对"唯一"也不可作机械的理解，因今天的世界，乃是一个信息迅猛发达的世界。国与国仿佛离得非常之近，空间感紧密了；现在与从前与将来可自由调度地进行参照了，可同日而语了，时间感压缩了。这提供了正确的抉择，共性的经验，典型的教训，在实践之前就不妨进行初级理念检验的极大可能性以及必要性。我的意思是对一切正确的事物，今天看来，是完全可以逐渐进行检验的。实践前期的理论检验，包含有他人别国之丰富的经验和教训，也是间接实践性的产物。理念的检验与实践的检验相结合，理念的检验在前，是初级的；实践的检验在后，是最终的。最终以实践的检验，校正初级的理念的检验，这更符合认识和实践的规律。

时代与戏剧

其实，不仅仅是戏剧浓缩了时代的某些或琐碎或重要的特征，演绎出种种故事；某个时代也会演绎某些戏剧，成为某些旧故事的新的"内容提要"。这种情况之下，我们才尤其感到某些戏剧的不朽，感到它们似乎始终没有落下结束的大幕，一直连续到了今天……这乃是我重温萧伯纳受到的启发。

我接触萧伯纳的作品是在中学时代，在"文化大革命"中。当年我们那一派红卫兵"夺取"了学校的"政权"。当然也就一并"收复"了学校图书馆这一"阵地"。我被任命为"管理长"，颇有点儿"接收大员"的意味儿。

一天我翻看一本《外国作家逸事》，萧伯纳的机智和幽默使我大为崇拜。我对自己说，这位大剧作家的剧本我一定要读一读。查遍了图书卡，只发现了他的两部剧本——《鳏夫的房产》和《华伦夫人的职业》。两部剧本合编在一起。

《鳏夫的房产》的内容大致是这样的：

浪漫的青年屈兰奇，爱上了貌似仁慈善良的富翁萨托里阿斯的女儿。而大富翁实际上却是一个对金钱贪得无厌的家伙。他残酷地剥削他所经营的贫民窟里的穷苦住户。当清高的屈兰奇正要拒绝未婚妻的父亲靠卑鄙的不正当的手段弄来的陪嫁，甚至打算连自己的未婚妻也放弃时，他突然发觉，原来他自己继承的财产也是自己的父亲靠压榨、剥削、行贿、诈骗等等无耻的手段聚敛起来的。于是他面前只有两种选择——或者否定别人的行径，轻蔑别人的行径，但那意味着，同时也必得具有否定自己和轻蔑自己的能力；或者为了想象和证明自己剥削有理、剥削有功，想象和证明自己成为富人的天经地义和自己财富的干干净净，而说服自己承认贪婪成性、剥削起来冷酷无情毫无人道可言毫无羞耻感可言的萨托里阿斯先生是最可爱的先生，他的女儿以及他准备送给自己的陪嫁是一位最能使自己幸福的妻子和一宗最可观的财物。他理所当然地做出了后一种选择。这当然也是他最明智的、最理性的选择，并且，他不但成了萨托里阿斯的女婿，而且成了岳父的合伙人，一块儿做起贫民窟的投机生意来。

"这实在是上帝的旨意。而上帝的旨意是绝对正确的。"屈兰奇对自己这么说。这句台词成了他和萨托里阿斯们共同信奉的伦理基础……

《华伦夫人的职业》的内容则大致是这样的：

少女薇薇生活优裕，精神高贵，从小受着良好的教育。她的母亲华伦夫人是一位极受上层社会男士们甚至包括某些显贵们尊重和荫庇的太太。他们仿佛都曾受过她的施舍似的。这虽然使少女薇薇常感困惑，但毕竟也满足着她的虚荣心，使她的高傲成为有充分理由的。但是，有一次薇薇惊骇地发现了母亲竟和那些显贵们共同经营着欧洲最大的一家妓院。他们操纵于幕后，她是他们的全权代理人。妓院使她和他们财源滚滚。薇薇决定离家出走，自己挣钱养活自己。但是母亲的"股东"之一，振振有词，有根有据地向少女证明——许多富人的钱绝不比她母亲供她过富裕生活的钱来得更人道、更干净；重要的并不在于人是靠什么手段聚敛金钱的，而在于一个人究竟能为自己聚敛到多少金钱，哪些别人是合伙人。当金钱聚敛到巨大的数目，人们也就不再追问手段了。那时你便摇身一变是最"诚实的"资本家或最"可敬的"慈善家了。那时你只消用百分之一甚至千分之一、万分之一的钱来向社会买断你所喜欢的任何名声就是了……

薇薇并没离家出走。但是她的灵魂深处，从此再也不能真正高傲起来了……

非常惭愧，从中学时代至今，我竟没读过萧翁的其他作品。尽管对这位伟大的剧作家的生平了解得多了些。而我后来也只买过他的一本剧作选集，收进了《鳏夫的房产》和《华伦夫人的职业》的一本。所谓重温，也不过就是重读了这两个剧本。为什么偏偏是重读这两个剧本，我想该是不言自明的吧！

我们这个时代出现了多少萨托里阿斯和华伦夫人啊！有的已身败名裂，锒铛入狱。有些依然正受着形形色色的人们的尊敬，正受着某些显贵们的荫庇。

而他们和她们的儿子女儿们，据我所知，也都是些当代的屈兰奇和薇薇。不同之处在于，仅仅在于，他们和她们，才不会对自己父母辈们的财富和金钱的来源产生困惑呢！即使他们和她们知道了底细，也不至于像屈兰奇似的心生什么罪孽感的吧？因为屈兰奇毕竟还曾是浪漫青年。他们却几乎个顶个都被时代教诲成了彻底的现实主义者，更不会像傻丫头薇薇似的，产生离家出走的怪念头吧？

因为，时代似乎已经替他们宣布了伦理基础——"这是上帝的旨意。而上帝的旨意是绝对正确的"。她们的高傲，也绝对不会受到任何动摇。我们的时代正继续上演着《鳏夫的房产》和《华伦夫人的职业》，而舞台背景也由欧洲扩展到了中国……

做创造者是光荣的

——致深圳市文化局副局长的信

京生同志：

好！自去年底深圳一晤，小半载矣！时光飚忽之迅，真是令人有不知所措之感。北京的春天今年似乎来得格外早，窗外所对元大都的遗址上，树木已是一片新绿。

这封信早就该给你写了。拖至今日，实因受颈椎病所折磨，苦不堪言，懒得执笔。昨散儿来京，谈及你，不禁顿生歉疚。于是今日闭门谢客，只为能认认真真地给你写完这封信。

先在称呼上就犯了片刻的迟豫。你我之间互谓先生，自觉时髦得好笑。称兄道弟，亦不甚习惯。想来想去，似乎还是"同志"二字好。世人都觉"同志"一词陈旧。其实我觉这词除了志同道合的含义之外，似乎还体现着关系上的一层平等。所以我是较喜欢这个词的。没有互谓"先生"的仿古派头，也少了称兄道弟的"哥们儿"气，即一个挺当代挺好的词。别人虽已嫌弃，咱们却不妨再用一把的。就算过把"同志"之瘾吧！

大约两个月前，《文艺报》发了一篇文章，批评我十年前为《深圳青年》写的那一组关于深圳及深圳人印象的小稿。题目似乎是《偏激的梁晓声》，后来各报争相转载，题目遂变成《梁晓声对深圳说不》《梁晓声敲击深圳》《梁晓声拒绝深圳》等等，等等，不一而足。似乎我曾撰文否定深圳现代化的成就，进而似乎反对中国的改革开放，反对……

便有报刊怂恿我写文章反驳。我一一婉拒了。也许至今仍在到处转载，又变成什么五花八门的题目，无人再寄我，我也就乐得充耳不闻。恐深圳文化界的朋友们偶见了会心生出"晓声怎么了"的疑问，散儿到我家来看我，我已当面向她作了解释。今日之某些报刊，为了"卖点"，就是这样的。倘你也偶读了。想必定会和我一样，见怪不怪。理解万岁，随他们去就是了。所幸当年你和《深圳青年》的编者朋友们，并未从我那组小稿中看出什么"偏激"，并且是喜欢的……

此事一提而过。某些人的误解或曲解，我想，定不会影响我和深圳的关系，以及我和深圳文化界朋友之间的友谊。

上次一晤，我们彼此坦诚交流了对深圳文化现状，以及未来文化发展的种种看法。你对深圳的热爱，以及身为文化官员，对第二家乡深圳那一种文化责任感、使命感，亦令我从此心怀敬意。你发在《深圳特区报》上那一篇关于深圳文化发展的文章，其实我当天回到宾馆就读了，返京的飞机上又读了一遍。

我非常赞同你文章中这一种观点——对于一座崭新的城市，其文化事业的建设，大可不必急功近利，亦大可不必求全责备，只要人人自觉地、有意识地发光发热，则就等于在为深圳的明天创造着文化的历史。

而我想进一步说，做这样的创造者是光荣的，是值得自豪的。

甚至，是配被纪念的。明天的深圳和深圳人，一定会感激他们。

正是读了你那一篇文章后，一个时期内我常想——究竟什么是一座城市的文化？对一座新兴的城市而言，一般需在多久的时期内，构成其自身的文化氛围？

思而久之，我归纳了如下的个人观点：

一、普遍的文化人士、知识者，传统上认为，似乎一座城市有着悠久的历史，有着诸多古迹，产生过几代文化名人或知识精英，才算得上是一座文化城。这不错，但似乎并不全面。历史对于一座城市，只不过是它的今天的背景。这背景的文化气息再浓重，其实也只说明着它的过去。并不完全能代表它的今天，更难以证明它的将来。倘它今天的公民，不珍惜那一种背景，不善于继承，不思发展，甚至反其道而破坏之，摧毁之，藉那宝贵的背景资源以谋眼前之私，以图急切之利，则它的今天，岂不恰恰等于是对它的昨天的反动么？也许不到明天，它就会变成一座没文化可言的城市了。它的文化背景资源，必将如被任意破坏的自然资源一样，挥霍尽净。结果是今人负罪于古人及后人。这样的现象这样的例子，在中国是不少的。"文化大革命"中发生在许多文化名城的"砸烂四旧"，是为典型。今天摧毁历史悠久的古迹抢占地皮大盖商品别墅的个别事例，也令人摇头叹息。

二、一座新兴的城市，在二十世纪的末叶，并不需要十代人百年史才形成所谓文化的积淀。我们回顾人类的历史，不难发现一个共同的规律——原来凡工商发达之城，几乎必是文化繁荣之邦。东方是这样，西方也是这样；中国如此，外国也如此。可以认为，文化的繁荣几乎是工商发达的必定结果。但是自从资本主义大工业迅猛发展，这一情况有所改变。它——资本主义大工业，一方面用强大的财力支持了文化，另一方面又以它永无休止的扩张排挤甚至侵略了文化赖以存在的特殊空间。比如庞大的工业区排挤和侵略了文化事业的占地。文化人因为非是它所需要的人，被它冷淡，被它蔑视，不得不像精神流民一样移居它处。近代人类历史上，在那些工业最发达的国家，都出现过这样一些被称之为"文化沙漠"的城市。当然，这些城市也非完全没有文化，而是只青睐只提供空间给某几种最能直接带来可观利润的文化。比如影院、舞厅、娱乐场等等。文化的另几类，往往被逼退到了酒吧里和餐馆里，成为那些地方所"配套"服务的歌舞，没有了独立的品质，仅仅成了工商业的"软件"。但是到了当代，情况又有所改变。因为人类的头脑开始普遍的反思，开始意识到一座城市给文化的独立品质保留有一定的空间，对于它本身不可忽视的重要性。还不仅仅是一座城市的当代形象问题，而是关系到它的公民是成为纯粹的工商业"工作人"，还是成为合格的当代人的问题。于是全世界许多城市，都开始关注自身的文化事业的存亡。

后工业时代是信息发达的时代，一座新兴城市哪怕刚刚建起了十座高楼大厦，往往便开始规划电台和电视台的所在地。当人口在数万人以上，必已有书店。当人口在十余万以上，必有小学。人口在几十万以上，必有中学、高中。人口在百万以上，必有大学。有电台电视台，有书店有学校，有老师有学生。那么我们没有理由不承认，这样的一座城市的诞生，其实一开始就伴随着文化的存在。没有历史并不妨碍它有文化。没有文化的积淀并不妨碍它有文化的产生。没有文化的继承并不妨碍它有文化的创造。只要人们有那一种强烈的愿望明确的意识，我认为一座城市最短可以在二十年内发展为一座名副其实的文化气息较浓的城市。

深圳即是在这样发展着。

三、什么是文化，这是不言自明的。什么是一个人所具有的文化，似乎也无须争论。什么是一座城市的文化，则就往往仁者见仁，智者见智了。

我个人认为，知识分子与知识分子，文人与文人进行文化的交流，其概念所指，往往是狭义的，学理性的文化。但是就一座城市而言，我不主张以这样的文化概念来讨论，而主张以更宽泛的，影响几乎每一个人生存质量的大文化概念来思考。大到什么程度呢？《礼记·中庸》中说："凡为天下国家有九经。曰：修身也，尊贤也，亲亲也，敬大臣也，体群臣也，子庶民也，来百工也，柔远人也，怀诸侯也。"这是要求于古代君王治国的明哲思想。我想借用来发挥我的观点，也就是说，检验一座城市有无文化的标准，除了狭义的，学理性的文化存在，还应调动一切因素，使它的公民每个人自身都达到一定的文明修养，领导者要尊重人才，要自身就在许多方面堪称文明的榜样，要体恤公务人员，要爱百姓，要扶植百工，要发展和兄弟城市的友好关系。你显然觉得，我谈的已是文明，而非文化。我却是这样想的，文明是文化的基础。一座无文明可言的城市，安有优良文化的繁荣？反之，文化若不能带动一座城市的普遍的文明程度，文化的起码作用又从何谈起？

所以，我对你这位深圳的文化官员进一言：在思考自己对深圳的文化使命和责任的同时，一定也要思考自己对深圳的文明使命和责任。在中国，这些工作，一向由宣传部、团委倡导着。而我一直认为，最应由文化官员来倡导。文化倡导文明，似乎责无旁贷，而且做来最能出成果。当然，在外国，文化官员一般也只开展文化工作，并不揽过促进文明的事情。而我等生活在中国，不妨再多创造一项"中国特色"——文化官员过问文明，主动承担促进文明的义务，由你做起，如何？也许有人会讽刺你"狗拿耗子多管闲事"，会猜疑你手伸得太长，权力欲膨胀，自我表现，甚至可能会攻讦你有野心等等。但你既爱深圳，既视它为第二故乡，那么就只管做，任他人说三道四吧！我的意思，也不是在批评深圳不文明。我是希望它成为一座非常文明的城市，成为别的城市的文明榜样。

文明不但是养育文化的基础，而且本身便是一道使人心情愉快的城市文化的风景。

不文明的城市不可亲，哪怕它有处处古迹和悠久的历史背景。

文明的城市即使是座新城，也会促使种种崭新的良好的文化生机盎然地发展和繁荣。深圳正在形成着崭新的文化。那么，深圳不能不需要高度的文明……

四、某些城市领导者的思维往往是这样的——文化是门面。这有一定道理。但若形成思维定式则不可取。这往往会促使他们做些热闹一时的，最容易引起上级关注的事。因而缺少长远的，开端式的文化策略。而我以为，文化首先是供人享受的，使人在享受中获益。一座城市的文化举措，应首先以这座城市的最广大公民的最实际的文化享受为出发点，为前提。至于上级关注不关注，外地人怎么评说，倒是可以不必太在意的。

故我希望你提议深圳建一座"深圳文化纪念碑"。一切昨天和今天对深圳的文化事业做出特殊贡献的人的姓名，应被刻在碑上。他们的贡献应是被普遍公认的贡献。为了体现郑重性和公正性，应每隔三五年由深圳公民进行广泛评选。这碑的后面，应有一堵弧形墙。可命名为"文化墙"。什么人对深圳文化事业提出过什么有价值的方案，于何时落实在深圳的什么地方，刻在墙上。以此碑和此墙，调动一切深圳人参与文化建设的热情和才智。

希望你提议深圳市委市政府，在全国范围内，向十位文化艺术（包括园林和建筑方面的专家）界知名人士颁发"名誉公民证书"。获此证书者，当在规定年限内，为深圳做一件促进文化发展的事。可以是建设，可以是文化讲学，可以是书法、绘画、摄影、时装等等艺术展出活动。相应的，深圳提供给他们的，是每两年一次的做客机会。这样，他们又可通过文化艺术的方式，将深圳的发展变化，传播向外地。五年更换一次，热心者可继续是。

深圳的建设是很迅速的。高楼大厦多了，要有优美的或现代意味儿的雕塑衬托其间才好。是否可以制定一条法规，建设资金在多少千万以上的投资单位，必须划出百分之几用于城市雕塑？其雕塑可在该建筑体前，也可由投资方与城建官员共同协商，选定某处。我想，这该不属于乱摊派乱收费之列吧？我不太懂，勿见笑。

国内有些城市，早几年已开始举办电影节、时装节、戏剧节，多种多样的艺术节等等活动。效果究竟如何，我不甚了了。一座城市，倘能终成某一艺术门类的传统活动举办地，固然是件好事。比如戛纳，由于电影节而闻名世界。但那是一种历史性的机遇，这样的机遇往往具有不可重复性。故我不向你提这样的建议。但若你及深圳市的领导们已有所打算，我提醒要向专家们咨询，要考查，要分析，以避免虎头蛇尾，轰轰烈烈地开始，偃旗息鼓地告终。要办，就要有坚持下去的恒心。否则，莫如不办。颈椎已僵，这封信也写得够长了。就此打住。总之，我的观点是——作为个人，可由所好，追求一己的较纯粹的文化旨趣。作为一市文化官员之一，使命在身，责任在身，当从大文化概念思维，鞠躬尽瘁，发光发热。至于我的那些希望，带有畅想性，仅供刺激你思维的参考而已，其实大可不必当真的。

祝身体好！心情好！

晓声

倘不温故，何以知新

"生活节奏加快了。"——这是人们经常说并且经常感受到的。

我们生活在哪儿呢？

我们生活在时代里。

因而"生活节奏加快了"这一句话，又是时代演进之节奏加快了的另一种说法。

时代演进之节奏加快了，于是呢？于是意味着，我们能够记住的事情少了，我们容易忘却的事情多了。好比我们是乘客，列车提速了，对于我们望向窗外的眼，将景物看得分明不那么容易了，而这会使我们晕眩。越是想要看分明，则越感晕眩。这种情况下，我们的感受会浮躁起来。

中国改革开放已经三十年了。这三十年可以用三个字来形容——辩、变、快。

"辩"是改革开放的端点，正如宇宙大爆炸是时间的端点。只不过，前者是真相，后者是推想。

在中国，一九四九年后，关于"走什么道路"的问题一辩起来，往往便上纲上线为"路线斗争""阶级斗争"。所幸，虽然有人咄咄逼人，有人承受压力，但并没什么人又被打翻在地，于是家破人亡，这一点本身亦是一种进步。其辩，曰思想斗争也未尝不可，但视为交锋更恰当些。

那么，《交锋》是一部很"政治"的书吗？

当然具有政治色彩，但并不属于那种令人敬而远之的"政治书"。因为作者也只不过引领我们回顾一下，三十年来，改革开放之中国曾经历了哪些事情，那些事情对中国包括对我们中国人的生活发生了什么影响作用。

回顾以往，差不多对我们每一个中国人都多少有些意义的。因为我们每一个中国人的人生坐标，几乎都不同程度地因而改变了。三十年后的今天，亲历了这三十年的中国人，现在是怎样的人，过怎样的生活，又几乎都与三十年来其变之快不无关系。

而更主要的是，也许，此书有助于我们预见中国的明天，并对自己明天的人生，也能超前做出些判断和准备……

虎年随想

我是知青的年月，曾伐过木。在深山老林中，在三角帐篷里，在月隐星疏的夜晚，坐大铁炉旁，口嚼香酥的烤馒头片，听伐木工们讲过这么一件关于虎的"逸事"——清晨，一名伐木工刚推开"木楞楞"的门，骇叫一声，慌缩迈出的脚，急将门插上，且用木杠顶住。

众人惊问他看见什么怪物了？何以吓得面无人色？他抖抖地说可不得了，门外趴着一只虎。都不信，纷纷凑窗往外看。果然！那虎比他们想象的要大得多，

估计站起来有一头三四岁的牛那么高。趴在门外两米远处，虎视眈眈地瞪着门。有人惴惴地说："快把窗钉上！"是的，那框架单薄的窗挡不住虎。若虎想进入，只消跃起一蹿，窗便注定会被撞开……于是众人七手八脚翻出钉子、锤子、拆床板，从里面将窗钉死了。都觉安全了些，就一个个虔诚反省——是否谁无视山规，冒犯了兽中之王？东北一代代的伐木工，一向将虎膜拜为"山神"，劳动中禁忌颇多。一个个反省了一番的结果是，并没有什么冒犯"山神"的行为。莫非它饿极了，堵在门口，想人出去一个，它吃一个

么？得不出别的结论，似乎也只有以上的结论合乎逻辑。挨至中午，虎不离开。挨至晚上，虎还不离开。天黑了，伐木工都睡了。心里都这么想——看谁有耐性？然而那一夜，谁都没睡好。因为虎在外面时时发出长啸。天刚亮，第一个醒来的伐木工从门缝往外一瞧，不禁倒吸冷气。

虎仍趴在那儿，舔自己的一只前爪。而且，不是一只虎了，是两只虎了。前一只可能是雌的。后来的一只可能是雄的，因为比前一只更壮大。门外雪地一片红，显然它们刚吃过什么，又显然是后一只为前一只叼来的。雪地上的虎踪说明了这一点。

于是两只虎轮番趴在那儿和伐木工们比赛耐性。雌虎离开，雄虎留守；雌虎回来，雄虎离开。雌虎离开时，一只前爪瘸拐着。它回来一趴下，雄虎便替它舔那只爪……

一名老伐木工终于看明白了。他们的住处一向是备有各类外伤药的。他命别人找给他，之后就带着药迈出"木搭楞"，从容地向那只受伤的雌虎走去。别人在他走出去后，立刻又用木杠顶上了门，都从门缝往外瞧……

雌虎的一只前爪很深地扎入着一根木刺。那只爪已经脓肿得非常厉害了。老伐木工替它挑出刺，挤尽脓，敷了药，并包扎了药布。他这么做时，雌虎很配合，很乖顺。雄虎则围着踱来踱去，警惕地监视着，防范着……

以后，每隔数日，伐木工们便会发现有一行虎踪自远而近，又由近而远——门外，或留下一只死兔，或留下一只死狍……

我小学六年级时，还从一本少儿杂志上读到过这样一则关于虎的"逸闻"——苏联某科学家，在考察过程中独自遇到了一只虎。他正坐着吸烟，听到背后有不寻常的响动。一回头，一只虎已经悄悄走近了他。近得只距他五六米了。逃跑根本来不及。他镇定未慌，注视着虎，掏出口琴，以若无其事之状吹起来。虎迷惘了，困惑了，卧下了，也探究地注视他。口琴声一停，虎便站起接近他。他只得又吹。虎经几起几卧，接近到了他身旁。他则衔琴而舞。边吹，边舞向一棵大树。虎亦步亦趋，寸步不离。他舞至树下，虎也跟至。他壮着胆子将口琴塞入虎口。趁虎玩口琴，他攀上了树。虎终于玩得索然，仰头望他一会儿，怏怏而去……

虎一被列入被重点保护的珍稀动物，关于虎其实并不吃人的"科学"言论也就多起来了。我相信某些人虎相遇，虎未伤人的事。但我认为那肯定是个别之事，是人的侥幸，比如以上二例。而更多的情况下，据我想来，人若手中无枪，甚至连武松闯景阳冈时所提的哨棒也没有，并且所遇是一只饿虎，那么，十之八九，人的下场是很悲惨的。

我更能接受虎吃人的说法。

但是人虎不期然地相遇的情况毕竟太少了。而人谋杀虎的情况太多了。所谓"兽死于皮"，皮一珍贵，再凶猛的兽，对人而言，谋杀之易都不在话下了。

我属牛。从电视里，报刊上，几次见过人将活牛推入虎园，供虎扑食的事。人说："这是为了虎的生存，培养虎的凶猛本能。"人做什么事都是能找出堂皇的理由。我却认为，不仅是为了虎的生存，也还是为了人的看。那一张门票不是很贵的么？倘不以活牛喂虎，看的人会那么多么？门票归门票，牛价是另算的。成牛三千，幼犊一千。只买得起门票的也只能看看虎。买得起牛的才有幸观看猛虎食牛。这常使我心生某种怜类之悲。许多事，在中国都变得有点儿邪。尽管如此，我觉得非虎的过错。对虎还是保持着三分敬意。

乃因——虎也是可以被驯来表演马戏的，但虎的表演不失起码的自尊。狗表演的出色，驯兽员便不失时机地往狗嘴里塞糖，于是狗作揖。对狗，我其实也是心怀敬意的。我敬军犬的忠诚，敬猎犬的勇敢。敬牧羊犬的"尽业"，敬"代目犬"对人的服务精神，敬看家犬的不卑不亢。甚至，敬野狗对自由的选择。我不喜欢的只有两类狗——宠物犬和马戏场上的表演犬。它们之间的区别不大。前者表演给少数人看，后者表演给众多的人看。狗一表演，就不太像狗了，像猴了。

猴嘴里被塞了糖，马戏场上的表现尤其乖。熊也那样。海狮更不例外，一条小鱼足以使它表演起来乐此不疲。但没见过驯兽员在虎表演之前或之后，往虎嘴里塞东西。这方式对虎不灵。驯兽员迫虎表演，靠的是电棍和长鞭。你看虎表演，总不难看出它是多么的不情愿。狗、猴、熊、海狮，都会为得到一口吃的而反复表演。在马戏场上，虎也不得不表演。但虎绝不肯反复表演。吃的、电棍和长鞭，都不可能迫虎反复表演。虎为生存而表演，虎不至于为取悦而表演。

虎宁肯在笼子里，其实不情愿上表演场。狗、猴、熊、海狮，却宁肯在表演场上按驯兽员的口令一遍遍不厌其烦地表演同一节目。那时它们嘴中有物嚼着，体会着区别于笼的快活。

而虎宁肯要笼中的自由。

我敬虎的不可彻底驯化的尊严。

我敬那名敢于为虎爪除刺的老伐木工，也敬那名临危不惧的苏联科学家。

据我想来，人与时代的关系，似也可将人与虎的关系来比。

时代也是不可被彻底驯化了像狗、像猴、像熊、像海狮那样完全按照人的示意反复为人进行表演的。

每一个时代都有它的虎气。

人的猴气一重，时代就张扬它本身的虎气。时代的虎气一旦强大于人应具备的虎气，人就反而陷入了被迫表演的误区。中国目前的表演太多了。

"猛虎啸于前而不色变，泰山崩于后而不心惊"——虎年之中国人，或该开始蓄备如此定力？

第四章

闲望人间

鞋的话语

　　我无意间一扭头，蓦地看见了它——我指的是一只鞋。是的，它在那儿，在我斜对面，在秀瘦的漆黑的木架上。那是一只红色的高跟鞋，三道红色的条带，左二右一，交叉成了所谓鞋面。它的跟高约一寸半，名副其实的高跟鞋。看上去典雅、美艳，如名贵的工艺品。我扭着头，目光一时被它吸引住。

　　售货员走过来，问要不要替我取下来仔细看。说是麂皮的，新到，卖得不错。价格也不贵，二百六十几元……

　　我说不必。谢过她，继续寻觅我要买的鞋。我曾穿过一双在早市上买的二十四元一双的皮鞋。穿了一年半，不久前鞋底横裂了。

　　我希望再买到那样的一双皮鞋，比二十四元贵，倘三十四元、四十四元，也买。不过若一百几十元，我就犹豫了。于是我出现在这一家鞋城里，不知不觉地置身于鞋的墙垛之间。左右前后，都是鞋架，绕过来绕过去的还是鞋架，绕得我快有点儿晕头转向了。如同绕在由一排排鞋架形成的迷墙之间绕不出来，反而顾不上寻觅我要买的鞋了。倒是一只红色的高跟鞋，似乎瞬间引我终于离开"迷墙"，并且一下子站到什么艺术陈列馆的门前了。起码，我的意识当时有过那么一种成功逃遁了的感受……

然而日后我将那么一种感受讲给朋友听时，他讥讽我道："拉倒吧您哪，别把自己说得那么圣洁，动辄艺术不艺术的！事实毫无疑问的是——你当时的心理感受百分百是关于女人和性的！"

我乃凡夫俗子，我在这里坦率承认，当时，即我的目光蓦地被那一只红色的高跟鞋所吸引住的那几秒钟内，我由而联想到了女人的秀足、美腿、窈窕的身姿……但那确乎仅仅是几秒钟内的事。当我收回了目光，继续踱在一排排鞋架间时，头脑中于是产生了许许多多关于鞋的回忆和与弗洛伊德学说毫无关系的另外的联想：浮现出了一双双做鞋的手，浮现出了一双双穿各式各样的鞋子的男女老少的脚。在那似梦境的"电影"的片段中，也一次次叠印过了母亲做鞋子的手，一次次叠印过了我自己的穿着令自己害羞的鞋子的脚……

我从少年到青年时期，干脆说，在我这个男人曾经过的青春期，何曾穿过一双像样的鞋呵！《年轮》中那个用粉笔沾了唾沫将自己露在鞋窟窿外的大脚趾涂白的男孩儿，在此细节上写的是我自己；《泯灭》中那名中学男生，因两只脚穿了一双同边鞋，在雪地上留下了同是左脚跑步的脚印，所以引起了同学们的取笑，那也是中学的我身上发生的事。下乡前一年的冬季，我几乎到了没鞋可穿的地步，不得不穿一双极大的"毡疙瘩"，就是电影和儿童图画上圣诞老人穿的那一种鞋。哈尔滨从前也是北方有名的大城市呵。在大城市，一名中学男生穿一双足可塞入自己四五只脚的那样一种"毡疙瘩"走在去学校的路上，样子看上去多么的古怪是可想而知的……

鞋不同于衣裤。在从前的年代，若一户人家孩子多，排行小的弟弟妹妹反而不愁有旧衣裤穿了。因为裤子长衣服肥，是可以往短了往瘦了改做一番的，但鞋不行。无论是自己家做的还是买的，母亲们的手再巧，那也都是难以将一双鞋改小的。所以呢，老大穿小了的鞋，老二穿着却仍大。人脚并不随年龄明显地长。母亲们拿那样的一双鞋无计可施，又舍不得扔，便洗刷了晒干后保存起来，等小儿女们的脚长得够大了再给他们穿。两年三年后，那一双鞋的鞋口都变硬了。小儿女穿上，常常磨破了他们的脚。他们一向是不说的，忍着。等生生地磨出了茧子就不再觉得疼。他们情知说也白说，徒惹母亲们内疚，不如不说。而年节前，父母又往往会私下里商议，他们的小儿女总穿哥哥姐姐的旧衣裤了，给小儿女买双新鞋吧。故从前的年代，一向一身旧衣的百姓人家的小儿女们，脚上却隔几年就会穿上一双新鞋。新鞋意味着是父母们对小儿女们的体恤。倘终究还是没买得起，母亲们就得为小儿女们做了。母亲们做成一双鞋太费事了。先要糊袼褙，就是将碎布角一层层用糨糊粘在一起。一层又一层，要叠十几二十几层，才可以一针针一线线纳在一起做成鞋底。故从前百姓人家的孩子，若很快穿破了一双母亲给自己做的鞋，内心里是觉得罪过的，是的是的，那是一种不小的罪过感。少年时期，我常受那种罪过感的折磨。

做鞋这件事与中国女人们的关系太悠久了。

孟姜女千里寻夫的传说之民间唱本中，就有"我夫一去十载整，一双新鞋未穿成；我今做鞋二十双，一年两双把夫寻，不见不回还"。她悲切满怀的是，丈夫被拉丁的兵士拖走前，她竟没来得及为丈夫做好一双新鞋！从前中国女人哭悼亡夫时，每有话是——"临死前也没来得及再穿一双我做的鞋！"

三步一回头的"走西口"的男人们和连酸曲儿都不会哼一句的"闯关东"的男人们，行李卷中倘竟没有一双俗称"千层底、百衲帮"的鞋，那么他可真正是世界上最孤苦伶仃的男人了！那么意味着这世界上连个疼他的女人也是没有的了。

从某种角度而论，中国之革命的最后胜利，未尝不也是千千万万的男人用脚"走"出来的胜利。除了二万五千里长征，不知革命家们是否计算过，当年那些转战不停打江山的男人们，究竟走了多少来回的"八千里路云和月"。他们又穿烂了多少双鞋？从八年抗日战争到三年的解放战争——是几千万双还是几亿双？我曾读到过一首已故老诗人田间写于抗战时期的"标语诗"，它是这样的：

> 回去，告诉你的女人，
> 让她做鞋子；
> 好翻山呵！
> 好打仗呵！

短短四段文字，包含了女人、鞋、大山和仿佛迫在眉睫的战事，以及虽没有写到一字，但使我们感觉得到一往无前视死如归的男人们的气概。世界上，像那样密切地将鞋和诗联系在一起的文字现象，从前大概是少有的吧？为什么强调从前呢？因为后来尤其是现在，广告业一经发达并且日新月异花样翻新，关于鞋的另类的传递性意味的文字现象，早已为世人所司空见惯。好比女人的超短裙，被中文译为"迷你裙"，你不能不承认也是多少有点儿诗味的。

但我仍想指出，在无论男人还是女人全身所穿戴的现代的一切常物中，鞋是最与其他不同的。唯有鞋，是离开着人体也仍具有立体形状的。连帽子也不能与鞋相比。挂着或放在平面上的一顶帽子，无论样式多么美观，做工多么考究，看上去总还是有些呆板，然而鞋不同。尤其女人鞋，又尤其女人的高跟鞋，一双也罢，一只也罢，它不计摆放在什么地方，不计怎么摆怎么放着，从纯粹美学的原理去看，它都是具有符合"黄金切割之律"的形状美感的。除了女人的人体本身，试问有谁能再举出世上的某一种东西，自信地说其竟比一双造型美观的女鞋更为立体更为艺术化？

世世代代的中国女人为中国男人做鞋子，做得太久了呀，做得太苦太累了呀！那么，现在，无论中国男人们为中国女人设计多少种类的鞋子供她们选择了穿，都是应该的。这一种历史性质的总报答，要得。

年轻的妻子们：

　　回去，告诉你的男人，

　　让他陪你买一双鞋子；

　　好美足呀！

　　好跳舞呀！

一万元可以买什么

当然说的是人民币。在低工资年代，相对于今天而言，一万元几乎是"天文数字"。一万元的贪污案是耸人听闻的大案。案犯起码判二十年以上，甚至判终身监禁。

一九六五年，两名歹徒抢劫了哈尔滨一家储蓄所，暴夺两万元，全省为之震惊。公安机关发动群众，十七小时内将歹徒缉拿归案，数日后判处死刑，立即执行。他们连一分钱还没来得及花出去，便做了黄泉路上的不甘之鬼……

二十世纪八十年代以后，改革开放伊始，挣钱的机遇渐多。中国人奔富的目标，是成为"万元户"。套今天的说法，"万元户"即"大款"了。倘农民而为"万元户"，姓名每见报端，遂为新闻。

五年以后，"万元户"不稀罕了。又五年以后，二十世纪八十年代末九十年代初，物价一度飞涨，人民币急剧贬值。一万元对老百姓虽仍是一笔大数，但在市场上的购物指标明显下降了。那时一台进口的二十八九寸的彩电，价格大约在一万五千元至两万元左右。一万元只能买到一台国产的二十八九寸的彩电。现在，同样品牌同样规格的彩电，砍价后，二三千元以内便可买回家去。现在，市场购买力疲软，商品销售竞争激烈，一万元在某些富人眼里只不过区区小数了，但在市场上却能买许多东西了。

一万元，大约可以买一台二十九寸的国产彩电，外加一台中档以上的收录机，再加一台 VCD，再加一台冰箱、一台洗衣机……倘善于精打细算，则肯定还有所余……

一万元，也可以体验两次"新马泰"数日游。这是满打满算地说，恐怕境外购物的钱就得另掏了。倘只在国内随团旅游，差不多够支付三次的经费……

现在，用一万元来衡量人民币的一般性商品购买力，似乎倒嫌数目太大了些。不妨用十元钱的一般商品购买力来对比。十元钱能在摊儿上买两双拖鞋、五条短裤、七八条小毛巾、一件棉背心……那么，一万元究竟还可以干什么呢？倘你所从事的职业特别需要，一万元还可以雇十个人，为你写十篇扬名显姓的文章，发在十种报刊上。在十元钱能买两双拖鞋加五条短裤的今天，一千元一篇一千字左右的文章，出价亦算比较大方了。愿为你服务的人将大有人在。以此为业或为副业的人不少……

某些商品特别需要广而告之。某些人的名字也特别需要经常见报。在商场上，"酒香不怕巷子深"已被证明是迂腐之见，并不可取，更不值得称道。

在文娱界，名字被淡忘，除非自愿，乃意味着事业的危机。故时不时地需要别人替自己提醒娱众，自己不但仍在"江湖"，而且正悄悄地从容不迫地或正热闹地紧锣密鼓地准备做什么，是完全必要的，也是不应该受到任何非议的。

故依我看来，替别人广而告之者，只要不是将劣的说成优的。将平庸的说成精彩的，只要不是肉麻的吹捧，所做便是大大的有益之事。既不但有益，而且丝毫无害。收下千儿八百元钱，也属最正当的收入之一种。古时候，这种收入叫"润笔费"。今天是否另有叫法我不清楚。但我知道，似乎是出钱的与写文章的双方都讳莫如深之事。于出钱的一方，每怕传出去名声有损；于写文章的一方，则怕授人以讥柄……

其实，双方都不必不好意思，他人尤其要正常看待。明星大腕在电视里做广告，少则几十万，多则上百万、几百万，不是早已被视为常事了么？那么，何不为"润笔费"公开正名呢？千字千元，多乎哉？太少也！我倒是想在此号召用文章的方式而替他人广而告之者，集体地抬高自己文章的价格。倘今后这社会这时代对此仍存尖酸歧义，我则愿一而再、再而三地充当辩护士……

一万元今天也可以雇人写另一类文章。

倘你对谁耿耿于怀，报复之心久矣，那么雇人写文章在媒体上攻击其差失、败坏其名声，实在是出资最少、影响最大的好方式，往往能收到立竿见影的效果。

一万元可以雇十个写这类文章的人。

而且，保证那文章写得连钩带刺，冷讽热嘲，嬉笑怒骂，无所不用其极。使你那报复之心，获得间接的充分的发泄。

乐于用文章替人实施报复者，一点儿也不比乐于用文章替人广而告之者少。

当然，同类文章，并不都是金钱所雇情况下的"产品"。

但一万元确确实实，起码可以相当容易地雇到十个乐于为你服务的写手。

不只中国的今天此现象颇多，外国，尤其美国，也一样的。

倘你所要报复的，又正巧是什么"文人"，那么就更是双方一拍即合的事了。因为指斥"文人"的差失是太容易不过了。为文没差失，为人还没有么？孔老夫子取悦于南子的心理，足可作为他品质方面的缺口实行攻击。而且，弗洛伊德之学说能借以帮上大忙。什么"三人行必有我师焉"，什么"温故而知新"，更是不值一驳了。三人行其二是贼是盗是江湖骗子的事难道还少么？"温故"就必定"知新"么？越"温故"其头脑其思维越陷于"故"死不开窍之人还少么？于是，孔老夫子不是似乎从文到人不值一提、不值一驳了么？连孔老夫子尚且如此的不堪攻击，何况后世的那些个寻常文人了！还因为"文人"在社会上一向是比较孤立的角色。背靠着什么文化公司、什么财团、什么富豪的"文人"，有是有的，但少。所以属于无"后盾"的敌人。又由于"文人"们一贯相轻，攻击张三、王五、姚六、孙二麻子等等必幸灾乐祸，"没事儿偷着乐"。所以攻击一经实行，首先在其同行们之间便是"大快人心"之事。最后，因为那金钱所雇的攻击方式，在古今中外，都可列为惯常之事，基本上属于合法的。即使涉嫌什么什么权，官司也往往打不清……

就我的观点而言，对花钱雇人以写文章的方式实行报复的人，说不出特别的不对来。报复之心，人皆有之。他自己不能写，或写不出水平，或不屑于亲自写，或其实也想亲自写而实在没精力，花笔小钱雇人写几篇旨在杀伤敌人，或假想敌的文章，实在地说，是非常自然、非常合乎人性、非常应该得到充分理解的事啊！

但对那被一笔小钱雇了，而以写文章的方式为他人实行报复的人，我是很鄙视的。起码，目前是很鄙视的。这足见我的迂腐，我的思想既不符合现实之经济规律，又不能超越于现实之上，而符合着理想主义的尴尬了。因为倘立足于现实，一千字一千元，或一万元由一个人承包了东一小篇西一大篇地可持续性地单干，我不能不承认那钱挣得也较容易。较容易挣的钱当然是值得挣的钱。而倘立足于真理想主义的大境界，那么其纯洁的眼，是根本不该发现这种勾当的。丑陋之事，当不入理想之眼。既不入眼，鄙视又从何谈起呢？

我清清楚楚地知道，某人某些针对我的反反复复炮制着的所谓"文章"，是"市场经济规律"下的"产品"。而且，甚至知道那价码、那中间人。正是——明明白白我的心，明明白白他们的心。

但我现在还不便写出来，实话实说，证据还不确凿。

即使证据确凿了，也不一定非写出来不可。

因为他们的方式，并不能构成对我的真的报复效果，和真的打击力度。

所以，他们"没事儿偷着乐"，我其实也是"没事儿偷着乐"的。方式是古今中外的老方式，效果不过尔尔，我有理由乐。

最后我得声明，大多数，不，绝大多数批评我的为人、我的为文的文章，都并非"市场经济规律"下的"产品"。出自被雇佣的写手笔下的文章，是个例。

最近我又想，我认为此等人可鄙，也未必一定可鄙。是否又证明了我自己的观念迂腐呢？于是不禁反思。一经反思，茅塞顿开。那么我祝此行业兴旺发达，祝彼辈们收入丰厚。只是，希望文章写得再有点儿水平，莫因价低而便质劣，伤了这一行的"市场元气"就令人叹息了……

"绿叶"断想

橄榄象征和平，天平象征法律，大熊猫作为"亚运会"的标志，已经是获得世人认同之事了。

那么该以什么来象征人类保护自然环境和文明的使命呢？横想竖想，觉得"绿叶"是赏心悦目而且使人明朗的象征。

一片绿叶，可代表许多。生命之树常绿——包含着人对全世界自然环境的祈祝。故国外自然环境保护组织，自谓"绿色组织"。

无论美学、医学、心理学、神经学，现都已证明，绿色对人和人类的影响之大，是不容忽视的。正如红色使人亢奋，粉色使人缠绵，橘黄色诱发人的心理冲动，黑色使人联想到死亡的恐惧，长期在灰色的环境中居处使人情绪萎靡沮丧，绿色能使人宁静，使人镇定，能对人躁乱的心灵起到抚慰作用。所以王安石有诗云："绿阴幽草胜花时"。国外神经学、心理学专家和学者，已将绿色这一特殊"功效"，引入到医学方面甚至向人们的日常生活方面推广。有的国家的法律规定，精神病院、心理疗养院的绿色必得超过有限视幅的三分之二；而有的国家的政府议事厅之类场合，墙壁、窗幔、地毯、桌布等等，规定只能是绿色的。载于某报的一则趣闻告诉我，有些人原先并未注意到绿色，结果他们所选择的颜色使他们的政府官员和评论员们经常大动肝火，争论不休。本无什么大原则分歧之事，似乎也一定要争出个你是我非来。有些分歧之事，似乎一辈子也难以达成统一。日久天长，他们的妻子，不得不因丈夫们逐渐严重的某些征兆，就教于心理医生或精神分析专家，于是引起后者的重视和研究兴趣。于是由政府规定了以绿色取代他色的条例……

趣文毕竟是趣文。总难免多少带有花边色彩和言过其实的水分。可信可不信。但绿色之能够使人宁静，使人镇定，对于躁乱的心灵起到抚慰作用，甚至能帮助人养成冥思自省的好习惯，却是毋庸置喙的。唐朝诗人韦应物有诗句云："绿阴生昼静。"意思十分明白，是说经常绿色成荫，能使人在白天也产生寂寂的幽静之感。

人的生存，依赖于两大环境，自然环境和人文环境。人文环境是相当复杂的命题，与政治环境、经济环境、文化环境有着太密切的关系，并非每个人出于良好的愿望便能作积极有益的奉献。自然环境的问题，虽然也不是一个简单的命题，但相对于人文环境而言，毕竟单纯得多。爱护花草总比关心他人是更容易号召的事，愿意义务植树的人总比愿意义务输血的人多。美好的自然环境需要爱护。不美好的自然环境更需要治理，需要改造。自然环境其实也是宇宙生命总体的概念。当代人尊重生命美化生活的文明意识和文明愿望，在保护自然环境的前提下，含意将会、也就应该会更为宽泛……

尤其令从事环境保护事业和环境文学研究的朋友们欣慰的，则肯定将是这样一个值得乐观的事实，那便是——自然环境的绿化和美化，无疑会促进人文环境的"绿化"和优化。这一点早已被人类的科学态度和文明观念证明是世界性的具有普遍意义的经验了。经过绿化和美化的自然环境，可以向人们提供享受一片芳菲幽静之地方，赏心悦目一时，呼吸些新鲜空气，化解胸中块垒，重新鼓足热爱生活的信心和勇气。热爱生活之情，促美化环境之事，为之，不亦悦乎？人人为之，人人悦乎矣！

感觉动物

如果我的记忆没错的话（我知道，它是一天比一天糟了），那么，这句话应该是契诃夫说的——一个正直的人，在狗的目光的注视下，内心往往会感到害羞的。原话差不多便是这样。但又的确非是原话，所以不敢用引号。但有两个词，却敢断言肯定是原话中的。那就是——"正直"和"害羞"。

为什么契诃夫认为——一个正直的人在狗的目光的注视下内心往往会感到害羞呢？为什么不是"一个善良的人"或"一个忠诚的人"或"一个腼腆的人"呢？

十几年前，第一次从书中读到契诃夫关于狗的目光的话，我百思不得其解，至今仍未想明白。狗性单纯于人性。因而狗的忠诚，是没有什么附加条件的，是人性许多情况下所不及的。故人类对狗的忠诚一向毁誉参半。如果说一个自诩对朋友忠诚的人，在狗的目光的注视下内心往往会感到害羞，意思不是更明了么？世界上对朋友像狗对主人那么忠诚的人即或有，也太少太少了。我就做不到。并且，也从来不认为将狗性中那一种忠诚引入交友之道是可取的。恰恰相反，我认为狗性中那一种接近本能的忠诚，一旦体现于人性，反而意味着是人性的扭曲、人性的病态。

　　某日早晨我散步，在公园里看见一只狗蹲踞林间小径旁，守着一个尼龙绳网兜。那是一只小矮脚狗，估计年龄在两三岁。网兜里也无非就是一棵白菜，一把芹菜，几条黄瓜而已。也许，它的主人在林中练气功，打太极拳；也许，在不远处的一片平地上跳舞……

　　忽然我想到契诃夫那句话，于是蹲在那小狗对面，探究地看它的眼。它也看我，贴地的尾巴梢摇了几摇，似乎表示对我友好。我以温柔的语调对它说了几句夸奖的话，就是某些大人夸小孩子那些半由衷半不由衷的话。我想，它的主人肯定就是经常以那么一种温柔的语调夸奖它的吧？它显然不是一只聪明到善于理解人话内容的小狗。但又显然对我那一种温柔的语调感到亲近。我抚摸它，它觉得舒服，显出很乖的样子，渐渐趴了下去。我存心试探它的忠诚，佯装要伸手抓取网兜。它立刻站了起来，颈毛乍耸，呜呜发声——分明，我不放规矩点儿，它就会不客气，咬我没商量了。那一时刻，狗眼中充满了警告意味儿。我赶紧缩回手，它则又对我恢复了友好的样子。如此这般试探三次，它似乎明白了我在成心逗它，又似乎对人的狡猾仍怀有几分防范，于是干脆趴在网兜上。我又夸它，它又摇尾；我又抚摸它，它舔我手。倏忽间我从那小狗的眼中看出了这样的意思——人，请友好待我。难道我对你还不够友么？只要你不想抢走我看守的东西，我绝不咬你。网兜并不是你的，不是你的东西你怎么可以动念抢走呢？一个好人难道会有这种行为么？

　　真的，当时我觉得我从那小狗的狗眼中看出的意思，比我现在写下来的还要多。于是我对契诃夫关于狗眼的话有所领悟——在一切动物中，狗是最善于说话的。由于狗性的单纯，狗的目光也是最单纯的。文学作品中形容到人眼，每用"复杂的目光"一句。某些动物，尤其野生动物，面对人时，目光也会显得较为"复杂"。美国电影《与狼共舞》中有这样一个情节：人独自在山地夜宿，生起篝火，引来了一只狼。那是一只老而病的狼。它也寒冷，它企图趋火取暖。它已丧失了进攻的能力，甚至也丧失了自卫能力，故它畏人。人也怕它，因为它毕竟是一只狼。人并不打算伤害它。人也本能地提防被它所伤害。于是人尝试对狼表示友好，表示和平共处的愿望。方式是割了一条兽肉抛给它。狼叼了即跑。跑远才吃。人为了试探它的狼性和自己的人性究竟能达到怎样程度的和睦，又割了一条肉。这一次不是抛过去，而是拎在手里。狼还饿，于是不得不更向人接近着——狼犹豫，徘徊；狼终于经不住肉的诱惑，小心翼翼地向人走来；狼在距离人几步远处，趴了下去，眈眈地望着人；狼一点儿一点儿地向人匍匐，随时准备一跃而起，掉头便逃……

电影中是一只真的狼，而且不是动物园中的狼是一只野生的狼。那一情节，又简直可以评价为人性与狼性沟通的实录片段。

那一时刻，那狼的目光就是极其"复杂"的——又警惕，又屈辱；几分显示自己无害的样子，几分卑微可怜的样子……

那一情节，是《与狼共舞》的经典情节，也堪称是电影史上表现人兽关系的经典情节。

那只狼，是"一位"出色的"演员"，本色"演员"。它将一只又老又病的狼在向人乞食时的"心理"，通过经典性的形体"表演"和"复杂"的目光，向观众传达得淋漓尽致。可惜世界上的任何电影奖都不曾专为兽"演员"设奖项。如果设了，那一只狼获奖是当之无愧的。

但狗眼中流露出的目光一般是不"复杂"的。小狗尤其这样。军犬和猎犬也不例外。无非军犬的目光中具有孤傲的成分，猎犬的目光中具有"我是猎犬我怕谁"似的无畏气概。狗性不仅单纯于人性，也单纯于野兽的兽性。在狗与人的关系中，有许多时候人的意思，需要狗去猜。这使狗善于对人家察言观色。但狗尽管善于这样，却永远也不会因而变得狡猾。狗领悟了人的意思，狗眼中就会相应地流露出自己的意思。比如主人在忧伤，狗是能从主人脸上的表情看得出来的。于是狗每每会望着主人，用目光这么说："啊，我的主人，你为什么而忧伤呢？不会是由于我的过失吧？我怎样才能解除你的忧伤呢？请吩咐吧主人。"比如主人在愠着，狗也会从主人脸上的表情看得出来。这时狗每每会用目光对主人说："啊，我的主人，你的样子使我多么不安啊！需要我陪你去散步么？"凡家里养过狗的人都知道，夫妻经常吵架，也会使狗的性情受到不良影响。家长经常严厉地训斥孩子，甚至打骂孩子，日久天长，连他们的狗也会变得郁郁寡欢，甚至会变得智力低下，反应迟钝，对主人的意思懵懂不知所措。狗的目光是永远也不必主人猜测的。主人只要看他的狗一眼，心里就全明白了。狗眼永远只流露一种目光，永远流露得率真又单纯。古今中外，全人类没有一个人被自己的狗的目光所欺骗过。没有一个人犯过这样的错误——他认为他的狗会这样，而狗偏偏那样了。起码还没有过这种文字记载。狗脸与人脸大相径庭，但几乎所有的人都会觉得，狗脸上有与人脸极为相似的东西。那是什么呢？——是狗的眼睛。在一切野生的以及经人驯养过的动物中，除了猴子和猩猩而外，再就算狗的眼睛更像人的眼睛了。但狗的眼中那一种率直、坦白和单纯的目光，是成年的人类所不可能具有的。成年了的人类的眼中，几乎每一种目光都不再单纯。一个人对自己刚刚中了彩券大奖的朋友说："我真为你高兴死了！"——他的目光中却每有嫉妒的成分。热恋中的情人对情人说："我爱你海枯石烂不变心，没有你我就活不成。"——而我们都知道，一个果真死了，说"我就活不成"的，将不但继续活下去，不久便会陷入另一场热恋。他或她还要如此解释——因为对方太像自己热恋过的人了。你说容貌并不像，他可说他指的是气质像；你说其实气质也不像，她可说她指的是脾气秉性；你说连脾气秉性也不像，那人又会说指的是生活情趣……只有儿童的眼睛中还有率真、坦白和单纯。但是儿童一旦成长为少男和少女，他们和她们的目光便开始过早地变得复杂了。中国的少男和少女们尤其如此。我们的少男和少女成熟得太早了。中国人的目光也许是世界上最为捉摸不透的。中国人的心思往往太需要自己的同胞费心思去猜。

"他的眼睛告诉了我"或"她的眼睛在说"一类话，在人类大约是越来越靠不住了。在中国尤其靠不住。复杂的靠不住的绝不可轻信的目光，像假冒伪劣产品一样多。人与人"目光的交流"简直成为一句荒唐可笑的话。几乎只有人与狗才可能进行值得信赖的"目光的交流"。我想，契诃夫在他所处的那一时代，以及所处的那一阶层，对此早有体会，所以才写出正直的人在狗面前都感到害羞的话吧？

与狗的眼睛相比，猫的眼睛所能传达的"心思"实在是太少了。我们常能从狗的眼中，甚至常能从小狗的眼中所发现的那种忧郁的目光，从猫的眼中就几乎看不到。如果主人连续几天对自己养的狗态度粗暴，呵斥不断，那狗无论大小，目光就会变得失意和忧郁起来。的确，与猫相比，狗的"心思"未免太重。猫却似乎是少心无肠的。只要吃得饱，吃得好，猫不甚在乎主人对它的态度冷淡不冷淡。在这一点上，猫简直可以说是"荣辱不惊"。猫遭到主人的呵斥，当然也会识相地躲到一边儿去。但它不会因此在一边儿不安。

如果一边儿正有着毛线团或球，如果它正有玩儿兴，定会照玩儿不误，并不管主人的心情怎样。倘我们承认狗的眼中能传达出多种类似人的目光，那么猫的眼中连一种近似人的目光都没有。当然也不是绝对的这样。比如陷于灾难之境的猫，眼中也会传达出求助的目光；重病不起的猫，眼中也会传达出乞怜的目光；垂死的猫，眼中也会传达出悲哀绝望的目光。但凡此种种，几乎任何动物都那样，实在更是生命通过眼睛反射出的意识本能。

　　然而并不能据此便说猫的眼睛大而无神。这么评论是欠公正的。事实上猫的眼睛大而有神。猫的眼睛在猫的脸上呈现着一种近乎完美的组合。猫脸如满月。在这么圆的一张脸上，再生出什么样的一双眼睛才好看呢？换一种说法，倘给我们一个圆，以我们人的美学经验，画上一双什么样的眼睛才觉得好呢？可能我们无论画出多少种眼睛都会觉得不满意。最终我们画出的将必是一双圆圆的眼睛。而那正是猫的眼睛。而只有这时，我们才会觉得好看。的确，在一个大圆的上半部，左右对称地搭配两个小圆，是最符合美学原理的。按照古希腊人的美学思想，圆是无可挑剔的完美的图形。正方形给人的印象太"愣"；长方形给人的印象太"板"；三角形给人的印象是缺损的；菱形给人的印象不稳定；而梯形给人的印象根本是蠢的。圆中有圆，乃美中含美，是美的同类项合并。猫脸生长猫眼，符合的正是这一种美学原理。

　　人越是细看一只猫，就越是会承认猫脸在一切动物的脸中，几乎是最漂亮的。而同时也会承认，在猫的脸上，猫那一双独特的眼睛是最漂亮的。当猫的眼仁变得窄长，竖了起来，它的眼睛就显得更加漂亮了。故宝石中名贵的一品叫"猫眼"。早年男孩子们弹的玻璃球中的一种，也叫"猫眼"。是较其他玻璃球更受喜爱的一种，一个可换别种的几个。

狗的忠乃至愚忠以及狗的种种责任感，种种做狗的原则，决定了狗是"入世"太深的动物。狗活得较累，实在是被人的"入世"连累了。相对于狗，猫是极"出世"的动物。猫几乎没有任何责任感。连猫捉老鼠也并非是出于什么责任，而是自己生性喜欢那样。猫也几乎没有任何原则。如果主人家的猫食粗劣，而邻家常以鲜鱼精肉喂它，它是会没商量地背叛主人而做别家宠物的。至于主人从前对它有怎样的豢养之恩，它是不管不顾的。倘主人对猫不好，猫离家出走也是常事。即使主人对它很好，它对主人的家厌倦了，也走。猫为"爱"而私奔更是常事。有的浪漫了一阵子或怀了孕，仍会回到主人家。有的则一去不返，伴"爱人"做逍遥的野猫去了。城市中的野猫，"出身"皆是离家出走的猫。

猫脸上其实断无狡猾之相。人怎么看一只猫的脸，都是看不出狡猾来的。猫脸上很少"表情"，但这一点并不足以使猫的脸显得多么冷漠。事实上猫的脸大多数情况之下是安逸祥和的。任何一只常态下的猫的脸，都给人以温良谦恭的印象。猫天生是那种不动声色的宠物。它的"荣辱不惊"，也许正是由于它脸上那种天生的不动声色的神态。猫的大眼睛中，又天生有一种"看破红尘"似的意味儿。一种超然度外，闲望人间，见怪不怪的意味。但这绝不证明猫城府太深。事实上猫是意识简单的动物。

猫不是好斗的动物。受到同类或异类的威胁，猫便缩颈，躬腰。而这是一种最典型的自卫的姿态。这时猫伸出一只前爪抵挡进攻，并且随时准备向后一纵，主动结束"战斗"。猫不是那种招惹不起的家伙，更不是那种不分胜负誓不罢休的家伙。猫不会为了胜负的面子问题而玩儿命。

模特们表演时的步态叫"猫步"。据我看来，她们脸上的表情，也很像猫脸所常常呈现的"表情"。这么说绝不包含有一丝一毫的贬义和讽刺。只不过认为，无表情的表情，更容易给人静态美的印象。于猫的脸，天生那样。于人的脸，尤其于表情原本比男人丰富的女人的脸，是后天训练有素的结果。那样的女人的脸，叫"冷艳"。"冷艳"之美，别有魅力，也可以称为工艺型的美。猫脸便具有工艺型的美点，但猫脸却是不冷的。通常情况下，猫脸充满温和。通常情况下，猫的眼中总是流露出知足感。

美国有一部儿童电视剧。是由一只猫和一只狗"主演"的。剧中，狗总是那么忧心忡忡，不知究竟该如何表现，才能被公认是一条好狗。而那只猫就总是善意地劝它想开点儿，不必太杞人忧天，不必太自寻烦恼。

狗说："主人因为丢了一条鱼而又责骂了我一顿！"

猫说："你所以就不快活真蠢！要知道你没到这一人家之前，他们也经常丢鱼的呀！"

狗说："你怎么知道呢？"

猫说："因为每一次都是我偷的。"

"可既然我们是朋友了，你怎么还继续偷我主人家的鱼呢？"

"可难道因为我们是朋友了，我就非得变成一只不喜欢吃鱼的猫了么？"

"可你偷鱼，连累的是我，你的朋友啊！"

"可我不偷鱼，营养不良的是我，你的朋友啊！"

"难道，你为了我们的友谊的巩固性，就不能别再偷鱼了么？"

"难道，你为了我们的友谊的巩固性，就不能对主人的责骂毫不在乎么？"

剧中猫和狗的对话，听来非常有意思，令人忍俊不禁。

狗有狗的理，猫有猫的理——狗的责任感对立于猫的"自我"意识，狗是有理也说不清了。的确，猫是多么"自我"哦！难道不是已经"自我"得太自私了么？一切野生的动物都是"自我"的，都是自私的。野狗亦如此。狗性中的责任感，是人性强加的结果。于人这方面，肯定为一种狗性的进步；于野狗们那方面，必视为自己同类们狗性的扭曲吧？但猫与人亲近的历史，和狗与人亲近的历史一样悠久漫长。为什么猫就能始终那么"自我"呢？

站在动物的立场而不是站在人的立场一想，猫的"自我"意识的不变，不是倒也难能可贵么？人已经将多少动物驯化了呀！狮、虎、豹、熊、猴、羊、狗、马、象、鲸、海狮、海豹、海豚、鹰，甚至鹦鹉、鸽子、小鸟儿……不是都曾被人驯化到善于为人表演的地步么？

但是唯独猫很少在马戏场上为人表演节目。

据说许多世界著名的驯兽大师曾尝试过对猫进行表演训练，都以失望告终。是因为猫太笨？难道猫是笨的动物？结论只能是这样的——猫性中有拒绝人的意识强加于己的天性。人稍一强加，它就叛人而去。人若以为加大驯化力度必可达到目的，猫就死给人看。猫的生命，不能承受被驯化之重。

猫的这一种天性，是受我尊敬的。众所周知，鲁迅是特别不喜欢猫的。他用猫指代骂过一些他特别不喜欢的人。一个人如果比猫还"自我"，我也不喜欢。但就猫论猫，我认为，猫性中其实有诸条人应该学习的优点。"一个中心，两个基本点"，有民间新解——曰："以健康为中心，活得潇洒一点儿，想得开一点儿"。我以为，一切的猫，差不多一向就是这么活着的。端详猫脸，人定会从猫的眼中，看出一种仿佛散漫澹淡，自甘闲适无为的意味儿。永远没什么"心思"的猫眼中，似乎永远流露着知足的、心旷神怡的达观。猫有隐士气质。都市里的猫，统有第一流隐士的气质。不是说"大隐隐于市"么？

无人不讨厌老鼠。我也讨厌。故我们对某些自己讨厌的人，形容为"獐头鼠目""贼眉鼠眼"。其实，单就老鼠的眼睛而论，挺好看的。推论开去，几乎一切的鼠类，皆生有一双挺好看的眼睛。比如小花鼠的眼睛，尤其松鼠的眼睛，就很俏。

老鼠的讨厌，并非由于它们的眼睛。首先是由于它们的毛色。老鼠即使较肥，其皮毛也无光泽可言。这一点是很奇怪的，不知动物学家们有什么道理可讲。没有光泽的，肮脏棉片似的那一种土灰色——老鼠的毛色，是人眼最讨厌见到的颜色。那颜色作用于人眼，条件反射直达我们脑中最敏感的情绪神经区域，使我们心中顿时产生强烈的厌恶。人眼可以接受黑色，但是对土灰色具有一种视觉的本能排斥。所以人不能忍受土灰色的任何东西出现在自己的视线内。外国科学家半个世纪前曾做过一次调查，结果证明五年以上的大工厂的锅炉工人，脾气比同样工龄的矿工要坏得多。因为矿工在井上井下时时面对的毕竟是闪闪发光的煤，而锅炉工时时面对的是煤渣。如果他终日陷入的是由煤渣四周形成的"山丘"，他的心情和脾气根本没法儿好。而煤渣的苍灰色与鼠毛的土灰色，是同一类讨厌的颜色。试想，如果鼠不是土灰色，而是漆黑色的，并且，亮油油的有光泽，老鼠给我们人的印象恐怕是会多少好一点儿的吧？

我们对老鼠的讨厌，其实还由于它的尾。毛茸茸的尾巴毕竟比光溜溜的尾巴看着舒服些。干脆光溜溜的一毛不生的尾巴也还则罢了，偏偏鼠尾两种都不是。老鼠的尾巴长着非常稀疏的毛。尾上的毛同样是土灰色的，通常比体毛的土灰色浅，稀疏得有谁如果想数数，逮住了一只老鼠是一会儿就数得清的。比一条毛虫身上的毛要少得多。而尾的本色，与干尸一色。

那样的毛色，加上那样的尾，猝然从我们眼前蹿过，使人由厌恶而惊恐就丝毫也不奇怪了。女人在这种情况下不但会被吓得失声尖叫，出一身冷汗，有时甚至会被吓昏过去……

何况老鼠经常出没于最肮脏的地方……

何况老鼠啃东西，破坏我们的居家生活……

但，无论老鼠多么令人讨厌，我仍想说，其实老鼠的那一双小眼睛确实是挺好看的。鼠眼如豆，圆圆的、黑黑的、亮晶晶的。眼神儿怯怯的，似乎还闪烁着聪明。老鼠的视力也绝不像人们说的那么差。"鼠目寸光"是以讹传讹。事实上老鼠避开危险的迅速反应，不但靠敏感的听觉，也靠时刻东张西望的视觉。

有些动物通体是美的。比如虎和豹——从头到尾，从毛色到斑纹，完美得无可挑剔。还比如仙鹤、天鹅、蜂鸟等等。有些动物通体是丑的，比如鳄、蜥蜴、蛇……而有些动物只有一点不美，有些动物又只有一点不丑……

丑陋的令人厌恶的老鼠，只有那双小眼睛其实并不丑。

我之所以要煞费苦心地指出鼠目的不丑，基于这样一种思想——对于人类，有许多时候要承认某一事实那是非常不情愿的。倘某一事实引起我们强烈的反感，我们就以百倍的轻蔑对待它。倘我们觉得仅仅这样还不够，我们就会调遣所谓"文化"的势力为我们助威。

故我认为，人类的"文化"发展至今，既功不可没地推动了社会的进步，也掩盖了许多事实的真相。就如老鼠难看的毛色和它丑陋的尾巴影响了我们对老鼠眼睛的看法的客观性一样。我们仅仅对老鼠这样其实也大可不必有什么不安——但我们往往对人和对人间的某些事件也持相同的态度。

故前人留给我们的历史，以及我们将留给后人的历史，包藏着种种的暧昧不明和种种的主观误区。

所以在今天，人的思想的独立性，应该格外地受到鼓励、提倡、支持和爱护……

牛大体上可分为三类吧？——野牛和畜牛，畜牛又可分为奶牛和使役牛；还有那种在斗牛场上与斗牛士们一决胜负的雄牛。

总体而言，牛的"出身"虽颇为不同，但命运都是类似的。尤其"出身"一样的牛，彼此间的命运，绝无高低贵贱之分。不像狗和猫，有的过着比人的生活水平还要高许多的贵族狗和贵族猫的生活，有的饥一顿饱一顿，生存完全没有保障。

野牛以"籍贯"非洲的最为强壮凶猛。它们中顶大的，体重达一吨半。猎豹是不敢惹它们的了。单独的一头狮子，也是不敢挑衅于它们的。狮子扑食单独的野公牛，必须发动一场集体围攻的"战役"。否则就休想吃到一口野牛肉。因为单独的野牛，性情暴烈，面对任何强敌，都有种"拼命三郎"的劲头儿。

在一切动物中，只有三种急了就红眼的。那就是牛、狮子、野狗。虎、豹、狼虽然也凶猛，但是急了并不红眼，只不过更加地张牙舞爪罢了。非洲草原上的野狗，急了也是并不红眼。倒是家犬一旦沦为野狗，而且，一旦吃过人尸，就变成红眼的野狗了。那时它们就接近是疯狗了。

成群的野牛，眼中都有一种散漫的、得过且过的，"事不关己，高高挂起"似的目光。人类中也常有这样一些个家伙，哪怕面前有别人正于血泊中呻吟求救，他们照样悠闲地嗑着瓜子，嚼着口香糖，或吸着烟，神情麻木地瞧着。那是除了象以外一切集群游走的食草类动物惯常的目光。个体明明具有的防卫能力，彻底被集体的相互依赖所抵消了。狮子袭来，野牛群一阵奔逃。只要狮子扑倒了同类中的一头，集体的奔逃就停止了。于是，似乎都松了一口气。望着同类被活活分尸，似乎都在这么想：感激上帝，现在危险终于过去了。我是多么幸运啊，它不幸与我何干！

民族意识涣散的某一部分人类，之所以受外敌的欺辱，也是由于这一点。

试想，野牛并非弱小的动物啊！几十头甚至几百头野牛低下它们的头，皆挺着它们长矛似的双角冲踏过去，几只狮子算什么啊？

野牛由于集群而首先从心理上发生相互间的不良影响，忘记了自己们非同小可的强大。

单独的野牛就不一样了。

单独的野牛眼中有一种凛然。它们在草原上高傲地走着，不时举目四眺。那眼神儿中有种意思似乎是——"阳光之下每一种动物都是平等的，勿犯我！"

还有另一种意思似乎是——"人不犯我，我不犯人；人若犯我，我必犯人！"

但是，它虽然强壮凶猛，虽然颇有天不怕地不怕的孤胆英雄的气概，最终往往还是会成为狮子的口粮。因为狮子在对付它时是全家族总动员，张牙舞爪一齐上。它却没有家族后盾。也没有什么朋友"路见不平一声吼"，赶来相援。狮子的进攻又是有战术、讲策略的，而它的自卫却仅凭红了眼睛拼命，所谓"匹夫之勇"。拼乏了，也就只有停止自卫，气喘吁吁地但求速死了……

奶牛的目光与单独的野牛截然相反。它们的目光总是流露着母性的温柔。仿佛在自己个儿默默地寻思——我的乳汁多充足啊，可我的孩子们都在哪儿呢？怎么都不来吮我的奶呢？

那些无怨无悔的，甘做贤妻良母的女性的眼中，就常流露着奶牛眼中那一种温柔的目光。

现如今的中国男人，不是都互相起劲儿地批评甚至攻击"浮躁"么？"浮躁"的确是一个不争的事实。我也每每有点儿。"浮躁"起来了怎么办呢？喝个一醉方休？郊游？钓鱼？泡妞？服镇定药？……我承认都是抑制"浮躁"的方式。但之后呢？"浮躁"是灵魂的"皮肤病"，常犯的呀！

我自己克服轻微"浮躁"的方式是闭门谢客，关了电话，静静地在家里看书。而且，当然要躺着看。

如果我觉得自己染上了重症"浮躁"，那就去逛动物园。不隐瞒，我是个常逛动物园的男人，是北京动物园的常客。水族馆离我家太远，否则我也会喜欢去。

我常想——动物园里为什么没有奶牛呢？

如果动物园里也有奶牛，我在这里不揣冒昧，建议染上了重症"浮躁"的男人到动物园里去看奶牛。

我确信奶牛的目光是完全可以医好"浮躁"症的。起码可以医好一阵子。一定比喝醉酒、泡妞、服镇定药和堕落的效果强。

我确信奶牛具有这样一种"特异功能"。

因为，当年我是知青时，从生活中总结出了这样一条真理——奶牛是最不"浮躁"的畜类。你想方设法使它们"浮躁"都不容易。当年我们连分出二十几名知青调往奶牛场，多是被连领导认为不太服从管理的男知青。于是奇迹发生了，那些事实上也属于性情"浮躁"型的男知青，由被管理者而成为奶牛们的管理者以后，一个个都发生了明显的变化，都似乎被奶牛的性情同化了。

自然鲜，奶牛因为是奶牛，性情就有些像羊。但羊虽本分，眼神里更多的却是怯意。是承认自己是羊的那一种乖乖的，一点儿也不敢冒犯谁的驯服。

奶牛的目光里可没有什么怯意。

奶牛的目光不但流露温柔，而且流露平和，流露彬彬有礼的宽宏大度。

有次我到奶牛场去看望从我们连调去的知青朋友，问他性情怎么变好了。

他说："我现在交了许多好性情的朋友啊！"

我问他那些朋友都是谁。

他就带我去牛棚里，指着奶牛们说："就是它们啊！"又说："你看它们的眼睛！它们眼里有种好女人的目光不是么？它们仿佛总用目光教诲我——改改性情吧，脾气那么糟像什么样子呢！"

我久久地注视着奶牛们的眼睛，倏忽间，内心竟如我的知青朋友一样涌起一片感动。

奶牛的温柔，奶牛眼中那一种平和那一种宽宏大度，据我看来，显示着一种涵养很高的内心定力似的。

奶牛看人时的目光中，似乎有这么一种意味儿——你们的孩子和你们自己，大抵都是喝我的奶长大的。你们对你们的父母你们的祖父母外祖父母的健康表示关心，也总是要为他们订份儿牛奶。我并不希图你们的报答，只要你们过得比我好，只要你们过得比我好……

从前，养奶牛的中国人家，当奶牛岁数大了，产奶越来越少了，就把它们杀了，卖它们的肉，还卖它们的皮……为什么非说是"中国人家"才这样呢？因为的确，欧洲人，哪怕很穷很穷的人，一般也是不宰杀自己家养了多年的奶牛的。欧洲的农民，传统心理上是很感激奶牛的。他们的宗教情感，在这一点上体现得较虔诚。相比而言，中国人宰杀奶牛耕牛，那是很忍心，很下得去屠刀的，也很心安理得。这么想——反正在这头牛身上，我能多赚多少，就应该多赚多少！不赚白不赚，对头牛讲什么仁慈呀！

不知现如今奶牛场的奶牛老了都怎么处置？

而我总觉得，对奶牛和使役牛，以及一切使役牲畜，比如马、骡、驴，其实都应该落实人道政策，实行"退休制"。试想，一头奶牛为人天天产奶，直至老了，产不出奶了；一头使役牲畜为人天天干活，直至老了，再也干不动了，也可谓"无私奉献"一生了吧？也可谓"鞠躬尽瘁"了吧？人怎么可以在这种情况之下还要把它们宰杀了，吃它们的肉，熬它们的骨，剥它们的皮呢？——人这么做，是不是太唯利是图了呢？

依我想，人将来应该开辟几处"福利草场"专供"退休"后的老奶牛和其他一切老使役牲畜们"安度晚年"，自然而终才对。否则，大讲人道主义的人类，真是愧对奶牛，愧对一切被人类使役尽了最后力气的牲畜啊！

说到使役牛，无论南方的水牛，还是北方的黄牛、花牛，在劳动态度方面，在干起活儿来不偷懒、不耍滑、不怕苦、不怕累方面，真真是人的榜样呢！人是承认这一点的，表现了人的难能可贵。

要不怎么会有"老黄牛精神"的说法呢？

我们感到一个人很傲，就说他"牛劲儿的"或"牛气什么呀"！

牛身上的确有股子傲，有时甚至显得目中无人，但牛的傲不是由于它明白它具有什么强大的进攻性，而是由于它自信于它的劳动能力。所以中国话中，又有"使出了牛劲儿"的说法。役马干活儿有时犯懒，驴子干活儿有时耍奸，而骡子如果一股劲儿不能将车拉上坡，主人再怎么挥鞭子抽它往往也无济于事了。那时骡子首先放弃了自信。而牛不像它们那样。牛拉不动时，比主人还急，还躁，那时它就会跟陡坡较上了劲儿。它低下头，瞪起一双牛眼，仿佛在说："今天我拉不上去，我就不是一头牛！"牛往往拉断了套绳。爱自己牛的主人，其实此际是绝不鞭牛的。怕牛硬拼牛劲儿累伤了。他也许反而会拍拍牛脑门，牛脖子，使他的牛平息平息牛脾气。牛如果"罢工"了，那么无非是由于两种原因，或者是劳动强度确实超过了牛的最大体能极限，或者是人使役得不得法，牛犯脾气了。

牛脾气是倔脾气，倔起来，往往使人无可奈何。我见过那样的情形——人暴跳如雷地挥鞭抽牛，而牛就是岿然不动，四蹄仿佛生根了。鞭子落在身上，眼睛都不眨一下，好像鞭子没抽在它身上，抽在一头石牛身上似的……

牛一旦被惹急眼了，那可不得了，会发生惊心动魄的事。

我也亲眼见过这样的情形——一个人不知怎么把一头牛惹急眼了，或者，是那头牛看着那人别扭，不顺眼，于是竟拉着一车草向那人冲去。那人逃向草甸子，牛拉着一车草追往草甸子。草甸子里有一片塔头。人跑过塔头地带站住了，转身望牛，那意思是——不信你还会拉着一车草追过塔头来！牛偏追了过去。草捆子掉了一路，车轮也被塔头颠脱轴了，最后，连那辆车也快被牛拖散了……

还有一件事，发生在与我们连一河之隔的另一个连——一头发情期的高大种牛，恋上了一头年轻的小花牛，而人却偏要逼使它去配另一头母牛。这下它急眼了，追着去顶那人。那人一时急迫，侧身藏入了两幢砖房之间的缝隙，牛就坦克似的，一头头朝那缝隙冲撞，直撞得断了角，血染牛头。最终，那头牛自己把自己撞死了。而那人，也被吓得大病了一场。以后就别人谈牛他色变，畏牛如畏虎了⋯⋯

我们连杀过一头牛，那是很残忍的场面。先将牛拴牢在木桩上。起初牛不知人要对它怎样，老老实实地被人拴。它们被拴惯了，并不觉得有什么不对劲儿。待到从人们的表情中看出不对劲儿了，晚了。于是牛预感到自己活不成了，牛眼中扑扑落下一串串泪来。牛此刻并不挣扎，只是悲哀而已。人举起八磅十磅的大铁锤，抡圆了，照准牛的脑门心就是一锤。于是牛发出"哞"的一声悲叫。一锤，牛的身子一抖；两锤，牛的身子又一抖。总要五六锤后，牛的两条前腿跪下了。它已不再叫，只默默流泪。某些男知青，为了显示他们的勇气，争夺铁锤，抡圆了朝牛的脑门心砸。再接着就有人取来了钐刀头，也就是两尺多长的大镰刀头，锯木段似的，从牛的颈下往上"锯"，于是血如泉喷⋯⋯

我一直想不明白，非是职业屠夫的一个人，为什么会对亲自参与血腥的宰杀之事，表现出那么大的亢奋那么大的兴趣那么大的快感呢？我们人类从古代就有屠夫这一职业，不正是为了大多数人可以远避血腥的刺激么？

那么，该说到斗牛场上的雄牛了——在古西班牙的斗牛场上，雄牛注定是要死的。而且，在身上被"助理"斗牛士们的矛刺得血流如注之后，才由主斗牛士一剑结果性命。倘竟不能一剑致死，那就算是斗牛士的无能，看台上的老爷、夫人和少爷小姐们，必大喝倒彩。

斗牛场上的雄牛，被斗到终了之前，眼中皆喷"士可杀不可辱"的怒火。所以它明知牺牲的时刻是到了，还是要勇猛地向前做最后的一冲。牛皮是多么的厚？再锋利的剑，再威武的斗牛士，也不见得耍着花架子一下能将剑刺入牛的体内直抵剑柄。在我看来，那似乎更是牛的自杀。好比对方仗剑向己，自己已然失去了继续决斗的力量，与其等待对方的伤害，莫如自己索性扑向剑端。正是借着雄牛那一股巨大的冲力，斗牛士才达到了目的。斗牛士在喝彩声欢呼声中向看台上抛送飞吻时，牛不屈的两条前腿跪下了。而此前，任何威胁，任何利诱，任何鞭打和沉重的劳役，都是不能使牛跪下的。牛一生只跪两次，是小牛吮母奶时和死前。牛死前的跪，似乎更是一种诀别的仪式，向世界诀别的仪式……

人性中冷酷残忍的一面，其实是比任何猛兽有过之而无不及的。动物并不将异类间的弱肉强食当成种热闹观看。它们虽也麻木地目睹，但也仅仅是麻木罢了，绝不至于看得激动，看得兴奋，看得喝彩欢呼。而且，几乎任何动物，倘让它们隔着铁笼看人带有表演性地杀它们的同类，它们都会产生恐惧。连狮、虎、豹这等猛兽也不例外。

而人不但惯于将人杀动物当成种刺激的热闹看，有时更甚至将人杀人当成种热闹看，并且往往以此自夸或互夸胆量。

我常想，那前腿跪倒在斗牛场地上的牛，如果也能人一样地喊，那么它一定会喊："人。我憎恨你！"并接着用一百种毒咒来诅咒人类吧？

我常想，假如我是上帝，我不让人类的胆量如此之大，而要人的胆量小些，再小些。人类既希望要和平，要太平盛世，那么，还要很大的胆量干什么呢？更准确地说，我的意思是——除了表现在探险和营救以及自卫战争方面，人的胆量再表现于其他任何方面，几乎都谈不上是什么勇敢。有时则只表现为残忍。

我常想，人作为人，最好是别被逼到如同斗牛场上的牛那一种境况。真到了那一种地步，我们人对人的仇恨，定会比牛对人的仇恨还强烈十倍！

　　我常想，人作为人，也千万别像斗牛士将牛逼到绝境一样，以将自己的同胞逼上绝境为能事为快事。死于牛蹄之下牛角之下的斗牛士也是不少的。人应引以为戒。人应有这种起码的明智……

　　而遗憾的是，恰恰是在人和人之间，一部分人类和另一部分人类之间，一方将另一方逼上绝境之事比人对待动物，比动物对待动物的同类现象多得多。古今中外，不胜枚举。而且阴谋种种，险恶种种，歹毒种种，幸灾乐祸旁观取娱的丑陋种种……

　　故人类将永远需要一种自我教育，那就是——人性的世世代代的自我教育……

　　羊的眼睛里，有一种迷惘而又惴惴不安的目光。这种目光使羊的眼睛显得有几分发呆。羊的眼睛是不怎么好看的。它们的眼里太缺少动物眼里几乎皆有的灵性和机警，这大概是被人类代代牧养的结果。

　　羊羔的眼睛也是很好看的，像未满周岁的小孩子的眼睛，对什么都反应惊奇。羊一长大，那一种迷惘而又惴惴不安的目光，就开始一天比一天更加显现在它们眼里了。

　　这乃因为，只要是一只羊，它从小长到大的过程中，总是会多次见到自己的同类如何被人宰杀的情形。

　　人杀羊，像杀鸡和杀鸭一样，并不避着它们的同类。人一般是不在猪圈旁杀猪的，怕惊吓了其他的猪。猪其实并不像人以为的那么蠢，猪是相当敏感的。人杀猪的血腥情形如果被猪看到了，猪也许会接连几天反常，懒得吃，懒得喝，睡得也不酣了。人一接近圈，

148

它就躲在圈角，用它那双小眼睛恐惧地瞪着人。考虑周到的人，也不当着牛群宰牛。那么一来，牛群往往会围着屠宰场地举头长哞。它们用蹄刨地，用角掘地，皆欲狂躁起来。那时它们眼中便会流露出对人的敌意和愤怒……

故有经验的人宰牛，总是佯装若无其事地将一头牛牵走，牵到避开牛群的地方去下手。如果那地方离牛群并不太远，又是阴天，牛血的腥气受低气压的笼罩，不能迅速消散，牛群闻到了，也还是会寻着腥气纷纷围向宰牛的现场。

但人往往在羊群前杀羊。往往是，人想杀羊了，就走到羊群那儿，放眼挑选一只够肥的，于是将其拖出羊群，扯腿放翻，一刀就杀了。接着，又往往就在原地剥皮，开膛，剔肉剁骨……

羊是比鸡鸭高等的畜。羊见人杀羊的次数多了，对人要杀羊前的表情、举动，就有经验了。所以，要杀羊的人一走近羊群，它们就不由自主地往一起挤，都企图躲在别的羊的后面……

羊渐渐地就有了心事。它的心事是——哪一天会轮到杀我呢？

而几乎每一天，都可能是某一头羊被杀的日子。羊怀着一种惶恐度日，对自己的命运时常处在一种惴惴不安的预感中，故羊的目光便不会是别种样的了。

将要被杀的羊几乎不反抗，它只不过是不情愿被杀，只不过蹬住四腿，不情愿被拖走。但那又只不过是对死的象征性的表态，在几秒钟最长也不过一分钟的不情愿之后，它也就索性任由人摆布了……

杀羊一般是不必捆绑的。羊没见别的羊被杀时反抗过，它自己也就不会反抗，何况，它没有尖牙利爪，反抗也无济于事。羊在被杀时都省了人的事。那时羊眼中就有一种极其认命的目光，仿佛是在默默地对自己说——既然上帝安排我是这种命运，那么我又有什么办法呢？这时羊的眼中仿佛有一种宗教意味儿……如果人有四条不同的命，那么，我愿第二条命选择是马；第三条命选择是牛；第四条命么，是狗也行。但须是军犬、猎犬、雪橇犬或牧羊犬。但绝不做宠犬。如果上帝非决定了我是，我宁可干脆放弃一条命。当然，也是不做羊的。非决定了我是，也放弃不悔……

在象那巨大的头上，它的眼睛小得不成比例。

这是一种相当有趣的普遍性——即所有陆地和海洋中的动物，身躯庞大的，眼睛反而显得越小。除了象，比如骆驼、犀牛、河马、鳄、鲨、鲸，都同样是小眼睛的家伙。

为什么？说明了什么进化规则？至今还没有一位动物学家向我们解释过。但事实的确是——某些小小的动物，鸟儿、鱼儿，却生有美丽的大大的眼睛。象在陆地动物的王国里是所向无敌的。但人却将"兽中之王"的桂冠戴在狮和虎的头上。人为什么不说象是"兽中之王"呢？分明，由于象虽然是陆地上最大的动物，但却非是最凶猛的动物。通常情况下，象是温和的，具有老绅士风度的。象从不攻击任何其他动物，仿佛动物界的可敬长者。

狮和虎，在象的眼里又算得上什么"王"呢？如果它们不自量力，惹恼了象，象是可以用鼻子将它们卷起，抛出去摔死的，也可以用脚将它们踏死。一头象或一群象来了，狮虎往往识趣地退避三舍。

故我们发现了我们人类自己的意识特点——那就是，人是特别习惯于将威猛作为"王"的资格。

凡人惧怕的，人便慑服之，视为"王"。

"王"这个字，与"领袖""首脑"是有区别的。"领袖"和"首脑"，是因号召力和业绩而获拥戴的。但"王"非是这样，"王"的地位是征服的结果。凡为"王"者，必先称霸一方。故从前的中国，也将啸聚山林的强盗头子称为"山大王"。

帝王们或曰君王们，倘非世袭的，而是"打"来的江山，无一不是先为王，其后才是"帝"是"君"的。

象既不屑于称霸为王，象身上也就毫无霸气。

大草原遇到了干旱之年，仅剩下了一片水洼，是动物维持生命的水源。

瞧，狮子来了。其他动物一发现狮子，都迅速逃开了。狮子来得大摇大摆，仿佛它或它们是在回家，那水洼一向是它或它们的神圣领地。如果干旱的时日很久，狮群就往往会将水洼霸占了，昼夜雄踞周围，不许别的动物靠近。

倘象或象群接着来了，狮子的"王"者模样就不自然了。它也想发出慑吼，但又明白自己的吼声对象不起什么作用，也就没吼。它实在不情愿因象的到来而离开，大概觉得那是很失"王"者风度的。但它内心里又很怕象，没勇气继续雄踞在那儿。几经犹豫，最终还是讪不搭地起身，装出一副从容不迫的样子离开了……

象来了，其他的动物纷纷又回来了。它们知道象不是霸气的动物，没有霸占欲，不会伤害它们。

在动物的王国里，如果说其他动物对狮虎是惧怕的，那么对象的态度则体现着一种尊的意味。它们也会躲开象群，但那可以认为是"礼让"。与躲开狮群不一样，后种情况，显然意味着怯避。

当然，象也有大失风度的时候。比如它饮足了水之后，往往还会踏入水洼，轰嗵一躺，打几个滚儿，搅得水洼成了泥浆一片，别的动物想饮也没法儿饮了……

而更多的情况是，象群总是比其他动物走出得更远，不辞疲劳地去寻找新的水源。它们仿佛明白，一小片水洼，对于解决一群象的热渴问题是不够的。与其影响了别的动物的利益，莫如自己辛苦点儿，另去发现更充分的水源。所以某些食草类动物的群体，往往也尾随在象群的后面。它们信任象，明白象能将它们引领到水源更充足的地方……

在当前的中国，讲原则的人是越来越少了。或者进一步这么说，人类所剩的原则似乎已经越来越少了。人类关系中，似乎已经只剩下一种原则了——那就是，交易的原则。我给予了你一件你急需的皮袄，但我需要从你那里获得到价值比皮袄更多的东西……

象却是原则性极强的动物。在象群中，这种原则性体现得特别突出。一旦预感到什么威胁，强壮的雄象自动在前，排成阵势；小象和病象、老象居中；母象卫后……

一头象落入了陷阱，其他象会不遗余力地进行搭救。有的象为了搭救同类，往往抻裂了自己的鼻子。搭救不成，它们又往往会四处卷回许多食物，送入陷阱。集体扬鼻悲鸣，而后恋恋不舍地离去……

一头幼象受到狮子的攻击，公象或母象发现了，定会冲过去加以保护。不管幼象是不是自己的孩子，都那样。它们这样做不是为了感激，而是遵循一种群体的原则。数千年来，这原则几乎不曾变过。数千年来，人类在人性的原则方面究竟有多大可引以为荣的进步呢？越来越被讥为"傻帽"的人性原则，在象群中却得到着永远的继承……

在人类中，有不少人的本性似动物。比如我们可以说"猪一样懒的人""狐一样狡猾的人""兔一样胆小的人""叭儿狗一样善于作媚的人""猫一样自我中心的人""蛇蟒一样贪婪的人"，等等。

可什么样的人似象呢？

象那么强大，可做"王中王"，可征服、可雄霸一方，可统治、可藐视一切其他动物，最有资格自尊自大。但象从来也不那样。真的，在人类中，哪种人具有如象一样的原则呢？我越想，越是说不出来……狮的霸气是动物中最突出的。狮一脸的傲慢，满目凶残。狮虽为"兽中之王"，但据我看来，实在没有什么"王"者气质。

狮像动物王国中的黑社会头子。

与狮相比，虎倒是颇有"王"者威仪的。细看虎脸，除了威仪之外，你肯定还会觉得，虎有一种特殊的"文化"气质。在山林中深居简出，昼伏夜出的生活规律，使虎成为甘于孤独甘于寂寞的动物。虎从来也不愿在其他动物群前大模大样地招摇过市。而狮动辄如此。山林似乎是一种有玄机深蕴其中的自然环境。故无论人还是动物，在山林中居久了，就受此环境的影响，性情中显示出一种出世般的沉稳。山林中的老人，脸上几乎都有此气质。这气质使没有文化的人脸上也同时没有被文化负面作用污染的迹象，一脸澄净，那是一种人性趋于自然的澄净。

山林仿佛是有"幕"的。虎是"幕"后的动物，它自己宁愿那样。它"亮相"于"幕"前往往是被迫的。虎脸上也有一种沉稳。而草原是开放的"舞台"。动物很多的草原是热闹的，草原上的弱肉强食是公开化的，草原上的生存竞争也是公开化的。

在这样的环境中，狮性很难沉稳。公开化的弱肉强食对狮的诱惑太大。所以狮往往刚吃完上顿，立刻就眼盯在别的动物身上，想象着下一顿该换换胃口了……

而虎，据我所知，一个月内才捕食二三次。虎的捕食，以维持生存为原则。虎吃饱了就隐蔽起来。虎的深居简出是为了降低消耗。狮总在捕食，故总在消耗，似乎总处于饥饿状态。狮简直可以说只不过是一台食肉"机器"。故狮满脸留下俗气的躁戾的痕迹。如果说虎脸上有山林的"文化"气质，那么，也可以说，狮脸上有历史——草原上弱肉强食，王者通吃的血腥史。豹——"夺命杀手"！在与家眷相处时，这个"杀手"并不冷。作为动物界的"杀手"，豹是最"专业"的。从山林到草原，无在其上者。谁若不幸轮回为比它弱小的动物，那么就祈祷自己千万别被豹盯住吧！但我并不格外欣赏豹作为"杀手"的出色。我敬它对"王"威那一种不卑不亢的态度，也就是敬它在狮虎面前那一种不卑不亢的态度。无论在草原上还是在山林中，豹与狮虎近距离遭遇，眈眈相视的情况时有发生。

这时的豹，很有些像江湖独侠士遭遇到了"王"者。艺高胆大的侠士们，那种情况下往往也是不卑不亢的，体现出侠士们藐视王权王威的英雄气概。不鞠不跪，不畏不逃，随时准备为了维护自己侠士的尊严抽剑出招……

豹遭遇狮虎时，也往往表现出不惜决一死战的侠士气概。它仿佛在宣言：我知道你是王，但你只是别的动物的王，不是豹的。如果你欲将你的王威强加于我，那么就请接招吧！情况每是，各自不失尊严地调头而去。在中国，在王权面前，历史上是很有一些不卑不亢之士的。现在，我就不知还有没有了。认为有的，请告诉我是谁们，我愿视为榜样……

熊——陆地动物中，除了象、犀牛、河马，它几乎是最大的。非洲棕熊的体重，有达到六百公斤以上的，与一头大公牛的体重差不多。相对于狮虎而言，它也称得上是"魁梧"的。

人怎么不说熊是"兽中之王"呢？因为它身上永远也不可能具

有"王"的"气质"。它大大咧咧，我行我素，偷蜂蜜、逮鱼、溜到农民的苞米地里掰苞米，甚至还到伐木工们的伙房里大快朵颐……熊是天生乐观而喜玩耍的动物。像它那么大的家伙，有时还企图小猫似的捉到一只蝴蝶呢！人怎么会将"王"字封给它呢！从前，东北深山老林的伐木工人代代相传一种说法是——谁如果遭遇到了熊，千万别惊慌。趁它正瞪着你，还没决定怎么对付你，你就开始傻笑。于是熊便困惑。从这一点来看，熊是思维较高级的动物。否则它不会因人的傻笑而犯寻思，干脆就张牙舞爪扑了过来。熊越困惑，你就越发笑得响亮，笑得手舞足蹈，浑身乱颤才对。你甚至还可以一边傻笑，一边扭大秧歌。你笑啊笑，扭啊扭，熊终于觉得你好玩儿极了。熊一开始这样觉得，你就有救了。因为熊一般不"弄坏"自己觉得好玩儿的"东西"。熊甚至会被你逗得躺在地上打滚儿，发出快活的叫声，仿佛也在笑。于是你可趁机逃跑……

我是知青时上山伐过木，伐木工人们关于熊的话题可多啦！那些人与熊之间发生的怪事一点儿也不恐怖，听来使人忍俊不禁。

说有一个人碰到了熊，一时紧张，忘了别人相传的那经验是笑还是哭。他想，人在这种情况之下，哪里还能笑得起来？于是按人的逻辑，选择了哭。结果熊大怒，把他折腾得半死不活才悻悻离去。他被救了后，逢人便说："幸亏我当时号啕大哭，要不没命了！"

别人就挖苦他："你要不哭，也不至于落个残废的下场！记住，熊讨厌哭哭啼啼的人！"

说还有谁谁，平素是"活宝"一个，没个正经。也遇到了熊，于是使出浑身解数，怪模怪样，媚态百种，尽显"熊大哥"眼前。结果，熊喜欢上他这个人了。他反而更脱不了身了。一想逃，熊就生气、吼。终于钻个空子跑回伐木工人住的木房子，而熊也跟至。

围着木房子转，着急，盼他出来，继续跟他耍……

都是传说，不能信以为真的。

但熊身上有"童稚"之气，倒是确确实实的。小熊顽皮。长成了大熊，仍难免"老夫常作少年狂"。对人而言，有"童稚"之气的动物，虽属猛兽，危险性总会相对的少些。

一个童心不泯的人，纵有千般缺点，在我看来，也必是可交为朋友的。

不过，人世间，真正童心不泯之人，却是越来越少了。都市里尤其少。都市里，人"单位"化了、"行业"化了，为着各自利益，明争暗斗。仿佛被关在一个大笼子里，彼此难亲难和，躲又躲不开，人心里城府便深。仅只在个人爱好上，可能还有童趣的表现。在对待自己同类方面，比赛着圆滑。崇拜英雄的人似乎越来越少，膜拜奸雄理论的似乎越来越多。人人都成了"厚黑学"博士或专家的时候，那就不是熊要跟人玩儿，而是人只有到深山老林里去找熊做知交了……

猴——一种相当能引起人类观赏趣味的动物。人类养猴取娱的历史久矣，仅次于养猫养犬的历史。而人类逮住它们的方式，据说是又容易又五花八门。所利用的也正是它们善于模仿人类行为的习性和它们的自作聪明。

猴一旦被关入动物园的铁笼或围在"猴山"，似乎很快就会忘了林中的自由，渐渐乐不思蜀。它们仿佛对人类"识时务者为俊杰"的哲学大彻大悟，而这是几乎其他一切动物都不能自慰的。有些动物最初甚至会生病，拒绝进食，怏怏而卧，满目忧郁。猴却不会这样。猴以它们仍然的活跃表示这样的猴性——只要有吃的，在哪儿我都一样。而人因此欣赏它们。一块糖、半截香蕉、几枚果子，足以使猴显出种种乞儿之相。猴似乎总在用它们那狡狯的目光问人：还给我点儿什么？也似乎总在用同样的目光对人说：但凡给我点儿什么，我就愿逗你一笑。改革开放以来，某些中国人对外国人，尤其对西方人，就常作这么一种猴子似的媚态。

小孩儿喜欢猴子是自然的。因为小孩儿将一点儿食物抛给猴子时，既满足着施予者的愉快心情，也能从猴子眼中看出巴结自己的眼神儿。并且，这种关系毫无危险。于是，小孩儿感到自己是"人"的优越。

女人喜欢猴子也是可以理解的。因为是姐姐或是母亲的女人，几乎总是喜欢小孩儿所喜欢的东西。依我看来，那实在是母性对儿童的爱心体现，而不见得是对猴的特殊好感。

如果让儿童和女人在小猫、小狗、小兔、小鹿、小鸟和猴之间选择，大多数儿童和女人其实未必一定选择猴为宠物。因为猴气中有得寸进尺的劣点。除了耍猴谋生的江湖杂耍艺人，以及杂技团的驯猴师，我不喜欢另外某些特别喜欢猴子的男人。一个男人特别喜欢猴子，依我想来，他的心理也许是成问题的。因为他所特别喜欢的，除了猴子可由他耍弄或捉弄这一点，不可能再是别的方面。

自己假装吃一大口辣椒，并假装津津有味的样子，然后将辣椒丢给猴，见猴吃了，上一大当，辣得龇牙咧嘴吱吱乱叫，于是开心大笑——这样的事女人一向是不屑于做的，是某些男人们的行径。孩子也这么干，则肯定是向男人们学的，或受男人们唆使。

耍弄或捉弄猴子获得快感的男人，内心深处、潜意识里，大抵也时时萌生耍弄或捉弄别人一番的念头。他们还不曾那么干过，也许只因为还没机会。并且，明白同类比异类不好惹。一有机会或条件他们准那么干。故人类之间有句话是——"你把我当猴耍啊？"

这一般是男人之间的话语，或是男孩子们之间的。

真的，我不喜欢特别喜欢猴子的男人。

但，心态上像猴的中国男人，或像耍猴者的中国男人，依我看，现在挺多挺多的……

猩猩——比猴智商更高，但同时也比猴有自尊。

猩猩看人的目光中，几乎没有狡狯，没有卑贱。

猴和猩猩的不同在于——猴善于从人身上学劣点；而猩猩善于从人性中接受"正面影响"。猩猩认为人对它真好，就会以一种近乎"友谊"的感情回报人。这种"友谊"一旦建立，猩猩方面绝不首先背叛它。人若生病了，猩猩会守在病床边，会用非常温柔的目光望着人。有时，甚至会用自己的"手"抚摸人，用自己的唇去吻人……

猩猩和狗一样，在感情上是人靠得住的"朋友"。它对人的感情，能表达得非常人性化。

以猩猩做医学上的"牺牲品"实验，实在是让人不好受的事……

在保护野生动物年想到的

我首先想到了中学时代读过的一本书《在非洲》，作者是白人，名字我已淡忘了，身份是记者。

他在书中记述了他的一些有钱的白人同胞打野鸭的场面——黄昏时刻，静谧的湖面落满了野鸭。它们打算在那儿过夜。它们可能是一直在那儿过夜的。而猎手们一个个伏在船上。船隐蔽在湖草丛中。他们的猎枪里装填的是杀伤面积很大的霰弹。突然他们的猎枪一齐开火，于是野鸭一片片中弹。受惊的野鸭一群群惊飞起来，但它们似乎无处可去，也不明白究竟发生了什么事，因为它们还从没被人伏击过。湖面又静谧下来了，它们又落在湖面上了，困惑地望着四周死去的或仍在微微抽动着身体的它们的同类……突然枪声又响，又一片野鸭中弹……湖面上死去的野鸭一片又一片增加着，猎手们一番又一番地开枪。天渐渐黑了，野鸭们似乎对枪声习惯了，甚至由于天黑不再惊飞了。然而屠杀仍在继续……在他们的夫人们的赞赏声中继续。

是的，作者在书中用的正是"屠杀"二字。他将那些猎手们叫"流氓"。他们猎杀野鸭不是要吃野味儿。实际上他们不吃。他们的夫人们也不屑于吃。只是为了好玩儿……

作者对于那些"虔诚的基督徒"的屠杀行径，表示了极大的鄙视和愤慨。那本书里记述的是将近一百年前的事。那时西方人还没有什么保护野生动物的意识，东方人也没有，更谈不上有什么全球性的"保护野生动物年"。

我想到了酷爱狩猎的英国查尔斯王子，因为一张照片登在杂志上，在英国甚至在整个西方，引起社会舆论的轩然大波——照片上的王储，左肩扛着猎枪，右手拎着一只被打死的野鸭的长脖子……

我想到了一位可敬的美国女科学家。她献身于黑猩猩生存状态的野外考查研究近二十年。她为反对猎杀黑猩猩，以野生动物研究学者的资格，大声向全世界呼吁立法制止……

她竟遭到了偷猎者们残忍的暗杀。她的名字不必我说，许多人都知道。

而我不知道的是——保护野生动物年，是否是以她遇害的那一年为纪念。我想她也许是第一个为保护野生动物而死的人。人类应该纪念这位可敬的女科学家。

我想到了青海某县的藏族县委副书记，也于去年被偷猎野生动物的恶人们所杀害。我想他肯定是第一个为保护野生动物而死的中国人。也肯定是第一个为保护野生动物而死的亚洲人。在保护野生动物年，我们中国有关方面，是否也应该发起纪念他的活动呢？

一个在西方，一个在东方；一个是女人，一个是男人；一个是科学家，一个是地方官员；一个献身于十年前，一个献身于现在——都是为保护野生动物而献身的。人类保护野生动物的文明意识，在全世界苏醒了！

我想到了我的一位朋友对我讲的一件事——他们在南方某小饭

店吃饭时忽听一阵令人心悸的叫声。寻声查问到后厨，原来屉上正活蒸着大娃娃鱼。而点这一道菜的食客们，一个个在那令人心悸的声音中吞云吐雾，谈笑风生。

我的朋友却不能照常吃下去，他不忍再听，离开了那家小饭店。我怀疑地问："据我所知，娃娃鱼是不叫的吧？"他说："我不知道它究竟叫不叫。也许一般情况下是不叫的，但被活蒸时，就不是一般情况了。还能听到它在屉中蹦、挣扎、撞屉，发出很大的响声，所以屉上压着磅秤的重砣……"

我们北影的一位老摄影师对我讲——也是在南方，一位"大款"请他们吃饭。宴间有一只可爱又活泼的猴子，做出种种滑稽样子逗他们开心。但是一会儿它就被固定在桌子下面了，只将上脑壳露出桌洞。于是侍者执刃熟练地剥下它的头皮，还往它雪白的头骨上浇开水消毒，接着使小锤敲碎了它的头骨……

那就是享用活猴脑的方式。老摄影师捂着嘴跑出了饭店。一出门就呕吐了。他说他至今忘不了那猴子的眼睛。他说人要活吃它的脑子前，还要先拿它开一阵子心，"太罪过了！太罪过了！……"他连说"罪过"不止。中国人在吃的方面欲望太强烈了。一旦有了钱，这欲望则便无止境。所以我们中国所说的"龙肝凤胆"，是古时有钱男女最想吃到的。果而有龙有凤，现如今的"大款"及他们的女人们，若不动辄就大吃一顿才怪呢！也许早被吃得所剩无几了。

老百姓中也有句话叫"天上龙肉，地上驴肉"，是北方老百姓中的一句话。据说"龙"指"飞龙"，一种北方珍禽。中华人民共和国成立以前，北方的某些驴肉铺主，为了招徕生意，也为了进行广告宣传，常将一头驴捆了嘴，固定了四蹄，拴牢在一根柱子上。寻求刺激的人们一见，就知道要"烫"驴了。于是纷纷围拢了看。人多了，伙计就开始用一壶壶开水浇驴。从脊背开始一部分一部分地浇。驴疼得浑身乱抖，却叫不出声，活活被烫死再剖膛。据说，那样活活烫死的驴，血管因剧疼而崩裂，血渗入肉，肉味鲜美……

吃得多么残忍。驴固然非属该保护的野生动物。但一个事实是——吃法太残忍，也证明着人性的残忍。那一种残忍一旦用以对付人，是会杀人取乐的。熊掌、犴鼻、狍筋、鹿鞭……有钱的中国人现在就差吃不到"龙肝凤胆"了。有一次，在北京的一处地方，我被强拉了去做吃饭的陪客。一个又一个大鱼缸里，养着各样的鱼，如同一处小型的"水族馆"。有的鱼我连见也没见过，听说也没听说过，标价几百元上千元不等。主人为了摆阔，一定要点一种我闻所未闻的鱼。据说一条要二千多元。我说何必呢？我说你钱如果太多，捐给"希望工程"一点不好么？我说都是鱼，味道不会区别多大，随便点一条算了吧！我替那"大款"省下了两千多元。我看出他并不感激我。

我还想到了一部我看过的外国电影，片名忘了。讲宇航员从外星球带回几只蛋，被一个孩子偷了，卖给了一个古董商。不想那蛋里孵化出一种怪物，出壳便长。转眼长大便交配，交配便以几何倍数增加。一变二，二变四，四变八，八变十六……它们见什么吃什么。首先吃掉的当然是那古董商，接着吃人、狗、马、房子、汽车、推土机，一路吃将下去。吃光一个镇，转向第二个镇，浩浩荡荡，势不可挡……

我觉得它们像中国的某些暴富了的"大款"。人猎杀野生动物，当然不只是为了吃它们的肉。甚至根本不要它们的肉，只要它们的皮、角、骨、某些脏器，最终为的是卖钱……人对钱的贪心和对吃的欲望，过分了是一样丑恶的。保护野生动物，另一方面，也是人类体现自律能力的文明意识。某些动物尚且有自律能力，那么人类该怎样认真去审视一下自身呢？

女娲和夏娃

女娲也许是中国之第一个女性艺术形象吧？即使这一点并不能得以肯定，另外一点也是完全可以肯定的，那就是——她的诞生比中国有文字记载的神话要早许多许多年。

在中国神话传说中，女娲是伏羲的妹妹。而伏羲乃雷神之子。此雷神当然非是《封神演义》里那个背生双翼、青面雕喙、善以杵石发雷电击人的"雷震子"，而是另一类雷神。古书上记载："大迹出雷泽，华胥履之，生伏牺"。这伏牺，便是伏羲了。女娲既是伏羲之妹，同时也便是雷神之女了。

伏羲"蛇身人首"，这便与希腊神话中的某些精怪相似了。但伏羲"有圣德"，于是品质上区别于精怪；有神职，被尊为"东方木德之帝"，亦称"东方天帝"。

女娲又是什么样的呢？

《山海经·大荒西经》云："女娲，古神女而帝者，人面蛇身，一日中七十变。"

兄妹两一个"蛇身人首"，一个"人面蛇身"，显然"基因"是相同的。

164

伏羲"师蜘蛛而结网"——是网的发明者。而"女娲做笙簧"——是最早的乐器的发明者。兄妹二人,各有起码一项重要的古代发明"专利权"。

盖"笙"字,谐音"生"也,象征万物"贫地而生"。似乎,从女娲的发明,还能分析出她头脑中有某种模糊的大地崇拜意识。当然,也可以认为有着繁衍滋生人类的朦胧冲动。

汉代时期的壁画中,已出现着"伏羲女娲交尾图"了。

但是,伏羲女娲,首先却不是汉人的神,而可能是苗族古代氏族的图腾。

大约到了唐朝,伏羲女娲才进入汉文字记载。李冗的《独异志》中这么讲:"昔宇宙初开之时,止女娲兄妹二人在昆仑山,而天下未有人民。议以为夫妻,又自羞耻。兄即与妹上昆仑山,咒曰:'天若遣我兄妹二人为夫妻,而烟悉合;若不,使烟散。'烟合,其妹即来就兄。"

是汉文字改变了伏羲和女娲的蛇身形象,使他们是完全的人了。

于是,中国神话中的伏羲女娲,几乎便等于希腊神话中的亚当和夏娃了。

在希腊神话中,亚当和夏娃,虽非兄妹,但性未觉醒,裸而不以为羞。双行双栖,形影不离,关系如同兄妹。

这一点证明,无论早期的东方文化还是早期的西方文化中,人类对于自己祖先的想象,其实是很相近的。思维的雷同,意味着愿望的比较一致——世界上第一个男人和第一个女人之间的关系,原本是兄妹或差不多等于是兄妹。人类乃这样一男一女的后代。

我们从这比较一致的愿望中,似可分析出早期人类对于"男女平等"的普遍认同。

区别是——伏羲女娲兄妹配为夫妇，乃因"世遭洪水，仅存此二人"。

而亚当和夏娃，却是由于共同偷吃了禁果，被上帝驱逐到还未有人类存在过的世上来。

共同的是——渐渐地，女娲的名字越来越流传广泛，声誉越来越高，越来越受到尊崇；正如夏娃的名字越来越流传广泛，越来越成为"女性"一词最权威也最被后世一切男女公认的代词。

而伏羲和亚当，似乎都降为配角，知名度渐渐归于寂寞。几乎在只有提到女娲和夏娃时，才附带地联想到他们。

女娲便无疑是中国人的始母了。

夏娃便无疑是西方人的始母了。

中国人也罢，广而论之东方人也罢，以及西方人也罢，又为什么唯尊其母，冷淡其父呢？显然，与人类共同经历过的母系社会有关。但这还不足以说明问题的全部。

我想，人类的潜意识里，大约一直存着一种本能的，代代袭承的，女性崇拜的古老意识吧？这与弗洛伊德总结的"恋母情结"有相似之处，也有区别。弗氏总结的"恋母情结"主要是男性的"情结"，而且与性意识关系密切。人类古老的女性崇拜意识，却基本上与性无关，或言关系甚微。它主要还是体现为对女性的恩与德的崇拜，即对"伴侣"的崇拜。不分男女，这一种崇拜都接近着本能，好比海龟一出壳便往海边爬，是先天的。

想想吧，如果没有女娲，伏羲当初将多么孤独？如果亚当是单身被逐，他也许会得精神病吧？甚而也许还会每每产生自杀之念吧？如此一想，"伴侣"二字，岂非我们人类词典中最伟大的一词了么？男人什么都可以没有，但不能没有伴侣。倘真的终生没有，又不是献身于宗教的男人，那么即使是国王，其实也是一个不幸的男人。女人什么都可以要，但她要这要那，即使获得了许多许多，最后必定非要的，还是一个男人，一个伴侣。愿天下有情人皆成伴侣！

裸体画之美

屈指算来，乃十余年前的事了——某日一青年造访，斯斯文文的，言语谦谦而不虚饰，态度诚恳而不矫揉，学子的书生气中，略显出几分宛如大家闺秀般的端庄和那么一种不谙世事的纯真无邪。

那青年便是二十多岁时的爱国了。当时他刚从鲁迅美术学院毕业，或者即将毕业。他将我的一篇小说《煤精尺》画成了连环画，特意从沈阳带了画稿来请我"指正"。

面对一个青年对作画的这种虔诚与真挚，我岂能不以虔诚与真挚回报呢？尽管我是小说家，对自己欣赏绘画的水平和鉴赏力很有自知之明……

几天后我收到了一封短信，得知他对我的看法深思熟虑之后，已带着画稿到某矿区深入生活去了……那组画稿《连环画册》是已决定排版采用了的。可他自己仍不满意，宁肯推迟发表而再次深入生活捕捉灵感再画一遍。一个二十多岁的青年对画一组连环画竟如此执迷，如此认真，可谓难能可贵。于是我牢记住了李爱国这个名字。几个月后，我收到了一册《连环画册》。他那组画作为首条内容刊出了。那大约是他的绘画作品第一次在全国最权威的连环画刊上发表。又过了几个月他的连环画处女作获奖，我受《连环画册》编辑部之约，为他的画作和作画的认真态度写了一篇短文发在《连环画册》上……不久得知他考入了中央美术学院研究生班……几年后他又一次造访，说是已经毕业了，分配在北京师范学院艺术系任美术教师。言谈中我觉出他很热爱他的职业。记得他似乎说过这么一番话——教师是他热爱的职业，绘画是他热爱的艺术门类，两种热爱集于一身，他认为此生别无他求，已感幸福有加了……于是我便经常从许多报刊上发现他的画作不停发表了。当了美术教师的爱国，偶尔仍到我家来。我很欢迎他来，和他有共同语言。

我一向认为，中国画风的要旨，无论写意还是工笔，也无论花鸟虫鱼，飞禽走兽，山光湖色，抑或古今人物，与中国之古典文风有着相通的魂灵。甚至可以说有着相同的魂灵。中国古典文风，主张"妙不可尽之于言，事不可穷之于笔"。细推思之，大概不无海明威所谓"冰山的三分之二没于海中"的意思吧？又强调"篇之彪炳，章无疵也；章之明靡，句无玷也；句之清英，字不妄也"。还强调"文之英蕤，有秀有隐，隐也者，文外之重旨者也；秀也者，篇中之独拔者也。"

爱国认为，作画的追求，也理应参考古人的睿言。每每谈起文风画风，我们总有许多共识。近年内，爱国不常光临了。我知道，当我再见到他时，他一定有斐然的成绩与我分享。果然如此。几天前的一个晚上，他忽至我家。带来了天津杨柳青画社出版的《李爱国画集》赠我。还带来了由他发表过的绘画作品汇集成的两大册彩照，请我观赏、"指正"……

斯时之李爱国，已获中国当代工笔画二届大奖赛一等奖、七届全国美展铜牌奖、全国卫生画展二等奖、首次中国连环画十佳作品奖、首届连环画报金环奖、首届民族文化风情中国画大展三等奖等等有影响的全国美术奖。

并且已出版了三册画集——《李爱国画集》《李爱国国画创意》《画马》。他的多幅画作已被中国美术馆、中国军事博物馆、中国对外艺术展览公司收藏。我替爱国感到欣喜之余，不禁想起了古人的一句话——孜孜以求兮，必成大器。他指点着几幅近期的画作告诉我，又拟出一册画集。我当即表示，愿为他写一篇短文，向喜爱绘画欣赏和收藏的人们，进一步介绍这位选择了绘画为第二生命的中国当代青年画家。

在他即将出版的画集中，有多幅裸女画，关于他的山水画，早已有名家点评过。我不复赘言。只想谈谈他的裸女画。因为据我想来，对美的女性的裸体之欣赏，或对女性的裸体美的欣赏，应是人类最起码具有的、最由衷的、最自然的、最愉悦的欣赏意识。这一种欣赏意识，应与我们对大自然中的美景的欣赏互有最直接的共鸣。

伟大的罗丹曾经说过——自然中任何东西都比不上裸体更有性格。人体，由于它的力，或者由于它的美，可以唤起种种不同的意象。有时像一朵花：体态的婀娜仿佛花茎，乳房和面容的微笑、发丝的辉煌，宛如花蕾的吐放；有时像柔软的常春藤，劲健的摇摆的小树。

他还说过——我常叫模特儿背向我坐着，臂伸向前方，这样只见背影，像一个轮廓精美绝伦的瓶，蕴藏着未来的生命的壶。她们苗条而丰满的腰肢，她们轻盈的体态，她们润泽的肌肤，具有区别于自然界一切美的事物的奇妙魅力……

通过罗丹的这些话，我们不能不认为，作为雕塑艺术大师的罗丹，是一位女性裸体美的虔诚的崇拜者。

伟大的雨果也说过——女人的肌肉宛如理想的泥土，不能用语言形容的，某种只能体现在最美的生命形式之中的人性精神，使人们的灵魂获得净化……

我常想，鸟儿们欣赏过湛蓝的天空么？鱼儿们欣赏过海底的奇异景观么？野鹿欣赏过森林的早晨或黄昏么？牛羊欣赏过绿茵茵的草地么？

也许动物同样具有欣赏之本能？

但有一点是肯定的——动物绝不会以一种欣赏的眼光去观看一个女性的裸体的美。

这是人与动物的另一点区别。这将是永远的区别。在这一点上，动物永远不能超越于人之上。

在发情期以外的时日里，它们甚至看不到它们的"异性"的任何美点。

而人，在这个地球上，只有人类，一代一代，一个世纪一个世纪，一千年又一千年地，将女性的裸体的美，几乎用一切艺术形式热情地表现着！

为什么更是女性的裸体美呢？

我常想，说到底，也许因为她们的裸体更富有变化无穷的曲线之美吧？如果认为人体曲线也能构成种种特殊的"人体语汇"的话，那么，与女性的裸体相比，男性的裸体，不过是刚刚"咿呀学语"的孩童吧？男性的裸体之美几乎用一个字便可概括，那就是——力。"力"在人的欣赏意识中能激发的形象思维是很有限的。米开朗琪罗的"大卫"和"掷铁饼者"，是不太可能使我们想象到大自然中的什么的。而女性的裸体美却很容易便激发我们想象到大自然中一切美好的事物，甚至包括想象到春、夏、秋、冬一年四季，想象到二十四个节气中的某些节气，诸如清明、春分、夏至、谷雨、惊蛰、秋分、白露等等……

爱国给他的裸女画的命名也很美，诸如《微熹》《墨荷》《金太阳》《七月》《花露》《秋凉》等等。这几幅都是我十分喜爱的。她们妩媚而不妖艳。除了《金太阳》一幅例外，她们或在花草中，或有花草相衬。似乎，爱国在画她们时，企图将她们"创造"成为一切花卉中最典雅最清新最馥芳最优美的"花卉"吧？在爱国的画笔之下，她们或卧或立，或坐或依，体态无不处于极祥静的神状。她们的表情也都是祥静无比的。显然的，爱国知晓自己在完成的是"裸之瓶"，是"生命之壶"，唯恐她们的表情一旦稍呈生动反而多余地续加了"生命"以外的成分。是的，她们无不是一些美的生命。生命的恬静魅力与祥美魅力，孕育在她们的裸体之中，并由她们的裸体宣布出来。她们的面庞，则仿佛是那一尊尊"裸之瓶"中插着的将开未开的蓓蕾……

我以为，在全部的人类文化中，对于女性，始终存在着两种截然相反有时激烈对立的分野——唯美或媚俗，典雅或色邪。

爱国的裸女画是唯美的，至少有唯美的艺术倾向；也同时是典雅的，是坚拒着色邪的侵蚀的。

他的裸女画也不啻是对我们的心灵的审美散化，是会使女人和男人们都一样喜爱的，而绝非那种只有某些男人们喜爱而女人们侧目的下品……

他的裸女画是为男人和女人们共同创作的。甚至似乎首先是为女人们而潜心绘作的……

　　如果女人们面对她们的裸体之美被展示不再感到羞耻，如果男人们学会以审美的目光去欣赏，则男人们、女人们都必然会感到，这世界顿然更加美好何止百倍……

有的诗人像……

　　有的诗人像歌者，因而被称为"行吟诗人"，想来，接近着歌者的边走边唱……

　　而有的诗人像鼓手，因而他们的诗被称为"鼓点诗"。抗日战争时期，田间就很写过些"鼓点诗"。闻一多向学生讲过田间的"鼓点诗"，他大加赞赏的，也正是田间那些诗句鼓点般令人紧张而又激动的节律。闻一多有一首诗，在我看来也具有鼓点诗的特征，便是那首与他的《红烛》一样著名的《发现》：

　　　　我来了，我喊一声，迸着血泪，
　　　　"这不是我的中华，不对，不对！"
　　　　……
　　　　我追问青天，逼迫八面的风，
　　　　我问，拳头擂着大地的赤胸，
　　　　总问不出消息；我哭着叫你，
　　　　呕出一颗心来——在我心里！

看这样的诗，读这样的诗，或听这样的诗，眼前仿佛有忘我状态的鼓手，在擂其声厚重的大鼓——咚！咚！咚！一句一声鼓，于是人心仿佛也被鼓手一下一下重重地擂击着了……

我读聿温这一本诗集中的诗，联想到了"行吟诗人"，也联想到了像鼓手的诗人。此刻，窗外正响着鸟巢放礼花的声音，宣告着残奥会的结束。从"五·一二"汶川大地震到今天，一百多天里，中国经历了两件举世瞩目的大事件：一悲一喜……

在北京成功举办了第二十九届奥运会和第十三届残奥会后，读聿温那一行行滚烫的诗，我还是多次泪盈满眶。

聿温可以说是在第一时间奔赴灾区现场的人。而且，他又是军人，还是空军的一位资深新闻工作者。此三点集于一身，使他对于大灾难的感受，对于灾民的同情、悲悯，对于桩桩件件可歌可泣之事与奋不顾身之人的感动，与大多数我这样的仅仅坐在电视机前时刻关注的人的感受与感动、同情与悲悯，程度显然是不同的。

在我看来，他这些诗，分明也是"拳头擂着大地的赤胸"，眼中"迸着血泪"，从心灵里喷射出来的。我一边读，一边想——只有诗人，才会在那么一种现场，写出这样的一行行诗句来啊！我结识聿温是不久前的事，对于他的写作生涯并不特别了解，以为正是从写诗开始的。一口气读《后记》，劈面第一句话却是——"我不是诗人"。这令我一怔。接着读下去，释然，慨然，肃然……

一个原本不是诗人的人，在极可怕的时空，在极悲壮的情境中，竟不断地和着泪水写、写、写，有时一天写两三首，于是写下了二三十首饱含真情实感的诗——这不正是诗和人，诗和人类的古老关系的真谛之一吗？

难怪聿温要说——"眼泪在，诗就在"了！对于诗，这句话显然是片面的。正如"诗言志"也只能说是诗的一种品质。但是对于聿温和他的这一些诗——"眼泪在，诗就在"却无疑是最全面的诠释。

我觉得，第一首诗《瞬间》，便具有所谓"鼓点诗"的特征。从第一行到第十几行，每行字数齐整，像单槌缓缓击鼓；十几行后，齐整突变，又如同众鼓手齐击，鼓点密集而加快，紧迫感油然发生……

而《兄弟，快点》一首，又如同黑人鼓手，在身心投入地拍击着他们特有的那一种鼓。其鼓声，听来每有动员令的意味。"兄弟，快点，再快点！"接着那一连串"快点"，催人奋不顾身，迫人舍生忘死……

《因为我活着》《孩子，不哭》《妈妈，我想你》《"敬礼娃娃"赞》等诗，又极有"行吟诗"的特征，如同莎士比亚戏剧中身份是诗人的"串幕人"所吟之诗。他们在西方古典诗剧中，不仅仅是诗人、"串幕人"，还同时是历史大事件的参与者、观察者、见证人。

我给《因为我活着》和《妈妈，我想你》两首以极高评价。前者朴素而又真挚的人文思想令我起敬；后者的抒情角度传达出一种大悲剧中的大温暖，其副标题是"献给在四川大地震中失去孩子的母亲们"，但诗中却以已亡孩子们的话语说：

　　来不及告别

　　让你牵挂了

　　妈妈

　　对不起

　　没能救你

让你受伤了

妈妈

对不起

没能陪你

让你孤独了

妈妈

对不起

……

读之愀然。

总而言之，聿温的这些诗，皆激情诗；激情之浓，无须赘言。而其激情，我认为必源自于内心情怀。倘言这些诗还有瑕疵，那么便是"韵"的欠缺了。说到底，"无韵不成诗"。"韵"，正是诗之所以为诗的理由。这些诗自然都是有韵的，但韵味不足。在同一首不太长的诗中，变韵是容易破坏韵美的……

苟苟己见，仅供参考。

电影的"宣言"

曾几何时，"文学影片""探索影片"，总而言之被统称为"艺术影片"的编剧和导演们，似乎是不怎么考虑一部影片的经济效益的。他们的骄傲全在奥林匹斯山上。

可今天，电影一反常态，板起面孔发表郑重的宣言——"电影制片厂大门朝南开，带着不赚钱的剧本你莫进来！"

"良家妇女"眼睁睁地变成了和正在变成为"放浪不羁"的"吉卜赛女郎"！

更富有讽刺意味的是，它所引起的已不再是愤怒，不再是指责，甚至不再是摇头叹息，而是争先恐后、趋之若鹜。尽管有几分万般无奈，有几分身不由己。

《神秘的大佛》这部影片应当是人们记忆犹新的。它公演之时，似乎理所当然地受到了影界各方面人士的批评。就此曾提出中国电影走什么道路的问题——要《神秘的大佛》还是要什么什么？

而今天，其剧本在各厂也许不予通过——当然绝不会因为它不可能是"文学电影"或"艺术电影"，而注定会因为它不可能是具有明显竞争优势的"娱乐电影"或曰"商业电影"。它的制作成本在今天注定不会低，而它的经济效益却未必太好。当年它几乎没有什么同类竞争对象。而今天据说全国已有80余部"娱乐电影"或曰"商业电影"在制作之中，约占全国影片年制作总数的2/3。种种信息表明，比例继续增加。

大约在三年前的一次讨论会上，笔者曾大声疾呼——电影首先是艺术，其次是商品。并且认为如颠倒过来，简直不可思议。

而今天电影向人们宣言——它首先是商品，其次是艺术。被商品价值规律所驾驭的电影本身理直气壮地提出反问——如果电影不首先是商品，那才简直不可思议！那么电影制片厂靠哪儿来的钱养活自己？靠哪儿来的钱养活电影艺术家、电影工作者和职工？他们的一切生活福利依赖于什么而改善？

问题变得这么明明白白了。撇开这一前提所进行的一切似乎相当严肃的争论，则显得太书生气了。因而大多数影界人士已不再热衷于就此争论不休了。

北影经济危机！长影经济危机！西影经济危机！其他各厂经济状况也好不到哪去。

于是作为职业编剧的我和我的同行们，几乎每天都在讨论，如何赶紧赶快写出制作成本低、经济效益高、能赚大钱而不是赚小钱至少是投资和收益持平的剧本。所谓"养兵千日，用兵一时"，亦所谓一种"责任感"吧！

结果怎样？

结果证明我自己原来并非一个很称职的编剧。面对着已有八十余部在先的竞争势态，我和我的同行们发现原来我们很无能，很平庸，很缺乏想象、缺乏训练。甚至可以毫不客气地说，很缺少这方面的才情。创作"娱乐影片"或曰"商业影片"，我们简直成了外行，没有基本功。有"报效"之心，而无"报效"之力。

创作一部经济效益可观、档次又不低俗的"娱乐电影"剧本，在今天并非是一件极容易的事了。而在几年前我们曾自信有余地互相说："不就是娱乐影片么？咱们凑一块儿，编上它三天三夜，还不同时编出两个？"

今天听来分明是吹牛皮的大话了。

过去说"玩电影"，无论是调侃还是自嘲，今天是被介入了经济规律铁律的电影所"玩"了！任谁都得老老实实地被电影"玩"！

电影艺术家和电影工作者们的进退维谷的尴尬，乃是因为电影本身在人们生活中的尴尬地位所致。

现在看来，电视机开始进入千家万户的时候，我们将它对电影的冲击未免估计得太小了点儿。这一科学宠儿或曰科学怪物，占有当代人的业余时间，如同独生子女占有父母的业余时间。而在依恋心理方面，恰恰相反，更像孩子的是当代人。电视机仿佛电灯泡一样，伴随着当代人度过下班后直至入睡前的闲暇的"黄金时间"。即使它并不提供值得欣赏和足以娱乐的什么节目时，也在吞吃着当代人的时间。因为它在普遍家庭中的存在，人们已将到电影院去认为是得不偿失的事了。中国式的，容纳近四千余人的大电影院，对于已经变得日渐讲究起来的当代精神消费者们，已经很少是环境舒适的去处了。

时代的变化对当代人的心理冲击是巨大的。我们仿佛跨越了好几重门，横冲直撞地就进入了一个我们一点儿都不适应的房间。这使我们——当代人觉得哪儿哪儿什么什么都与过去不一样。我们毫无精神准备。我们困惑。我们迷惘。我们总希望相信点儿什么，可我们对一切变化都不由得不抱着半信半疑的态度。于是我们内心里空前地浮躁了。即使在我们显得异常冷静的时刻，我们的内心里其实也是浮躁的。

这是一个浮躁的大时代。

历史的直角转折，必定造成时代的大浮躁。

而内心里最浮躁的，必定是这一时代的青年。

不幸的是，他们恰恰又是电影有史以来的主体观众。当他们的内心里空前异常地浮躁着的时候，欣赏是很难正襟危坐于艺术宝座之上的。与电影院比起来，足球赛的激烈，舞会的忘我陶醉——当然是跳霹雳，最起码也是迪斯科，音乐茶座的卿卿我我的忧郁的或孤独的情调，大型音乐晚会上的火爆场面，难道不比电影院对他们具有更大的吸引力么？

无疑地他们有要求宣泄的权利。正如他们要求有公民的其他一切正当的权利一样合情合理。只要限制在法律许可的范围之内，谁又应该指责他们呢？指责这一点之不明智，正如指责我们这个时代突兀地就到来了一样不明智。

曾置身于流行歌手群星荟萃的演唱会的人，就该明白为什么电影院里通常情况下缺少青年人座无虚席的场面了。歌星们是可以边唱边奔下台来的，而电影演员们无法跃下银幕。他们可以在演唱会上与歌星们一齐拍手、跺脚、引吭高歌，而在电影院里他们如此这般将被罚款或驱逐。《一无所有》使一切一无所有的青年人虽然一无所有却又信心百倍，仿佛是真正的男子汉，起码在唱时觉得自己是这样。有哪一部我们国产的反映青年心态的电影，比这一首流行歌曲更引起他们的共鸣？

答案只有一个——他们为什么非到电影院去看电影不可？

于是电影一改"良家妇女"的正正经经，企图以"吉卜赛女郎"

的新姿态获得他们的青睐。还不知道会有多大的把握、多大的成功。

诅咒电影的自甘沦落么？

电影总得活下去呀！电影半死不活，目前已经是这么个状况，一切电影艺术家和电影工作者，岂不只有奄奄待毙？所谓"皮之不存，毛将焉附？"

电影，以及其他一切正统艺术及艺术观，面临着当代人的消遣心理的公然挑战。而当代人，尤其当代青年的这种心理，是由于时代的迎面而来、压顶而至的大浮躁使然。明明白白，符合逻辑。我们如果不太神经过敏，细想想，便会觉得不必大惊小怪。我们正在经历的，是国外，尤其西方国家经历过的，并且仍在经历着的。

还有一个小小的因素也应指出——在任何国家，电影业的发达兴旺，从来都是与普遍的市民尤其普遍的青年对电影明星们的崇拜心理相关联的。而在今天，笼罩于电影明星们头上那种往昔的既美妙且神秘的光环，已然开始黯淡下去。当代社会中引发当代青年崇拜心理的人物简直太多了。电影明星们若无法使青年们从心理方面感到是亲近的朋友，他们则只不过就是些以演电影为职业的人罢了。而演电影则只不过就是明星们自己的事儿罢了。如果说过去青年们到电影院去是为了从情感上接近并从银幕上欣赏他们所崇拜的电影明星，那么今天他们不再有什么特殊的兴趣到更多是老旧的电影院里去，恰恰证明了电影明星们在他们内心里已失去了往日受宠的位置。在各种形式各种规模的流行歌曲演唱会上，他们将他们高过于上一代青年十倍百倍的如火如荼的热情，放任无拘地奉献给歌星们。崔健、孙国庆、田震、刘欢、苏芮、范琳琳、苏红、王虹等等，等等，更是落地有声的名字，更是他们所熟悉所津津乐道的名字。《红高粱》中若没有"妹妹呀，你大胆地往前走……"和《酒歌》，在影业不景气的今天，在国内，谁知道会不会取得简直是空前的成功呢？如若反过来，插曲是由女主角唱的，唱成"哥哥呀，你大胆地往前走……"作为男主角的姜文，表演再杰出，谁知还会不会有他今天到处"出风头"的机会呢？

仅仅几年，前一批电影明星，便如同中国所有那些老旧的电影院一样，遭遇着当代青年"喜新厌旧"的冷淡了。明日黄花不可人了。

可不可以这样下一个结论：今天是流行歌曲的黄金时代，而不再是电影的黄金时代了呢？

如果这一结论并不错，那么，今天中国电影尴尬状况之中的娱乐化、商品化倾向，就不但不奇怪，不应该受到过多的责备，简直应该被理解，被作为一种不甘每况愈下的顽强的挣扎和负隅顽抗的竞争了！前景将会怎样呢？前景凶多吉少，却不见得注定了"日薄西山，人命危浅"。过去各家电影制片厂定比例规划时，常说的一句话是——"娱乐片、商业片也要拍两三部，总得赚点儿钱"。现在反过来就是——文学片、艺术片也要拍两三部，总得"要点儿脸面"。两三部？不太少了么？不少。那全国加起来也就十几部二十来部了！如果每一部都不错，相当可观了。其中能有七八部优秀影片则更可观了。有一两部杰作，则电影没必要羞愧地低下头了。世界各国电影的状况大抵如此。我们并没有任何比人家优越的条件。相比之下，条件低劣多了！

您是一位编剧么？那么请先为电影制片厂创作一两部赚大钱的娱乐片、商业片剧本吧！有了这个功劳，您才有资格大言不惭地说："请拍我这一个文学片剧本。"或曰"艺术片"或曰"探索片"或曰"纯电影"什么什么的。

您是一位导演么？那么请先为电影制片厂拍一两部赚大钱的影片吧！其后您才有资格要求："请允许我拍一部我自己最想拍的影片！"这条件公道么？也许对电影艺术家们不够公道。但对电影公道。对电影制片厂公道。没这个前提，电影和电影制片厂在今天又向谁讨公道去？曾几何时，所谓"第五代"导演们，掀起"新浪潮"的强劲理论和实践波涛，将传统的电影观念和陈旧的电影手法冲得人仰马翻。而今，电影的娱乐化倾向和商业化倾向，所形成的空前的主流，亦将"第五代"导演们冲得跟跟跄跄，站立不稳脚跟。可悲么？也许。然而他们未必就从此失落了。肯定的，正由于他们的存在，人们对于娱乐片或曰商业片也将刮目相视。这一点是不必怀疑的。也许正是他们，将成为能俗能雅，又俗又雅，能大俗亦能大雅，能提炼大雅于大俗之中，能糅合大俗于大雅之中的一批当代导演。他们将大大提高所谓俗影片的水平。最终使相当一部分观众从俗影片中走出来，渐渐接受并乐于接受属于他们自己的影片。更是在这个意义之上，他们应使当代人对他有新的认识——不愧为新一代导演。

我赞同电影理论家邵牧君的观点——娱乐片不等于是没有艺术，除了娱乐再没有其他什么意义的影片。即或从来如此，我们使其今后不再如此，不也是非常值得的努力么？艺术价值和商品价值的结合并非易事。中外几代电影艺术家，包括一些大师，为了与商品时代抗衡，在这方面做出的努力如若受到嘲讽，则会显得后人多么轻薄并缺少公正。而我们中国有句话——"难能正可图大功"。

但是也完全有另一种必须估计到的并非那么足以使人达观的可能性——构成社会势态的多种因素更趋紧张，尤其当代人的内心情绪更加浮躁，进而导致对电影的娱乐性的要求更直接、更粗糙、更消遣、更刺激，距离欣赏层次更隔膜、更远。形成人们想要看什么，电影急于给什么的恶性循环的局面。

如果这一点终成不可避免之现实，便导致另一现象——迫使艺术追求不泯的电影工作者，转而去占领他们从前有些轻蔑，现今尚未被利润目的所支配的电视剧制作。电视剧，尤其电视连续剧易与文学从容结合的长处，将获得更大更成功的发挥，从而强化电视机对电影院的"欺压"之势。

最后一点是——我们中国式的，普遍老旧的大个电影院，看来是太不适应电影事业苦心孤诣的经营现状了。吸引人们到电影院去的，应不唯是电影，而同时也是电影院本身。

所谓唇亡齿寒。

二〇〇〇年以后呢？

二〇〇〇年以后由二〇〇〇年以后主管电影事业的部长们和电影工作者们去应付吧！

我们若能应付眼前，已经相当难能可贵了。

一代人有一代人的使命。

越俎代庖，则显得我们这一代人过分地杞人忧天了……

昨日種種

胡适生平掠影

胡适生平掠影

小名嗣穈，行名洪骍。

1891 年

12 月 17 日未时，出生于上海大东门外程裕新茶栈内。

1893 年

2 月，随母亲冯顺弟前往台湾其父胡传任所。

1894 年

由父亲教认方块汉字。

1895 年

2 月，因中日甲午战争爆发，随母离台湾回上海。

3 月，去祖籍安徽绩溪上庄，入家塾读书。

8 月，父亲病死于厦门。

1899 年

开始阅读《水浒传》等中国古典小说、《双珠凤》等弹词。

1901 年

阅读《纲鉴易知录》及《资治通鉴》，其中摘引的范缜《神灭论》对其影响极深。

1904 年

1 月，由母亲作主，胡祥鉴做媒，与旌德县江村的江冬秀订婚。

2 月，随三哥嗣秚（洪骈）至上海，进梅溪学堂读书。读梁启超的《新民说》及邹容的《革命军》。

1905 年

春季，改入澄衷学堂，读严复译的《天演论》及《群己权界论》等书。因受《天演论》"物竞天择，适者生存"观点的影响，以"适"字作其表字。

1906 年

加入竞业学会，在《竞业旬报》上发表小说、诗歌与文章。

1908 年

7 月起，主编《竞业旬报》。

9 月，脱离中国公学，转入中国新公学，兼任低级各班英文教员。

1909 年

10 月，中国新公学解散，因失学失业，在上海过放荡生活。后经王云五介绍，到华童公学教国文。

1910 年

5 月，同二哥嗣秬（绍之）赴北京温习功课。

7 月，考取清华庚子赔款留学美国第二期官费生，因用"胡适"的名字报考，此后就正式叫胡适。

1910 年庚款留美第二批录取的 70 名学员

9 月，入康奈尔大学，选读农科。

1911 年

2 月，被举为中国学生会著述《康奈尔传》一书记者之一。

7月，被举为赔款学生会中文书记。

8月，任康奈尔大学爱国会主席。

1912年

9月，脱离农学院，转入文学院，修哲学、经济、文学。

胡适在康奈尔大学

11月，发起组织"政治研究会"，每两周讨论一个专题。

12月，作为康奈尔大学大同会支会代表，去费城参加世界大同总会年会，被选为该会宪法部干事。

1913年

5月，被举为世界学生会会长。

1914年

春间，被选为中国留美学生会评议员。

6月17日，在康奈尔大学行毕业式，获文学学士学位。

9月，至安谋出席中国留美学生第十次年会，被举为次年《学生英文月报》主笔之一，负责国内新闻；又当选为文艺科学生同业会东部总会次年会长。

1915年

暑假，与梅光迪、任鸿隽、杨杏佛、唐擘黄等留美学生经常聚会，讨论中国文学改良问题。

暑假，因"在演讲上荒时废业太多"申请延长康大哲学系奖学金被拒。决定转学哥伦比亚大学哲学系。

7月11日，在给母亲的信中报告了想去哥大的七个理由。

一、儿居此已五年，此地乃是小城，居民仅万六千人，所见闻皆村市小景。今儿尚有一年之留，宜改适大城，以观是邦大城市之生活状态，盖亦觇国采风者，所当有事也。

二、儿居此校已久，宜他去，庶可得新见闻，此间教师虽佳，然能得新教师，得其同异之点，得失之处皆不可少。德国学生半年易一校，今儿五年始迁一校，不为过也。

三、儿所拟博士论文之题需用书籍甚多，此间地小书籍不敷用。纽约为世界大城，书籍便利无比，此实一大原因也。

四、儿居此已久，友朋甚多，往来交际颇费时日。今去大城，则茫茫人海之中可容儿藏身之地矣。

五、儿在此所习学科，虽易校亦都有用，不致废时。

六、在一校得两学位，不如在两校各得一学位更佳也。

七、哥伦比亚大学哲学教师杜威先生，乃此邦哲学泰斗，故儿欲往游其门下也。

9月，进哥伦比亚大学哲学系，师从杜威。

1916 年

8 月 23 日，作诗《朋友》，被认为是中国第一首白话诗。后改名《蝴蝶》。

两个黄蝴蝶，双双飞上天。

不知为什么，一个忽飞还。

剩下那一个，孤单怪可怜。

也无心上天，天上太孤单。

冬，作《文学改良刍议》。

1917 年

5 月 22 日，通过哲学博士学位的最后考试。

景山东街马神庙四公主府旧照

9月，应蔡元培、陈独秀之聘，任北京大学教授。

此时的北大在景山东街马神庙四公主府，朝南的大学正门还未建成，师生进出都是从西边的便门。进门后北面是教学区，东面是一排平房，用作教员休息室，每人一间。教员中有好几位属兔，平房故有一个雅称"卯字号"。但据周作人《知堂回想录》，教员休息室只是教授们课前预备的地方，并非住所。寄宿舍位于西边的便门旁。

胡适只在北大教员宿舍住了大约一个月。为了不受人多干扰，便与同样在校内任教的安徽老乡高一涵商议合租。两人在大学附近的朝阳门内南小街竹竿巷合租一座小院，胡适住北面三间，高一涵住南面三间。

12月30日，由江耘圃主婚，在绩溪上庄与江冬秀结婚。

"胡适大名垂宇宙，夫人小脚亦随之"，一个新文化运动的倡导者，竟娶了个乡村小脚夫人，可谓一件奇闻。因此，"胡适的小脚夫人"，成了民国史上的"七大奇事"之一，为人们所津津乐道。

1918 年

1 月，担任《新青年》轮值编辑。

2 月，参与发起成立"成美学会"，捐款补助有才而无力求学的学生。

5 月，作诗《我的儿子》。【正文 75 页】

7 月，作《贞操问题》，载于 1918 年 7 月 15 日《新青年》第 5 卷第 1 号。【正文 52 页】

11 月 23 日，母亲冯顺弟病故。胡适回到家乡绩溪县上庄料理丧事。

12 月 1 日，作诗《十二月一日奔丧到家》。【正文 76 页】

1919 年

2 月，作《不朽》。【正文 32 页】

3 月 16 日，长子出生，取名祖望，又名思祖，以纪念亡母。

胡适与江冬秀　　　　　　　胡适与儿子胡祖望

4月30日，在上海迎接来华的杜威夫妇。

杜威夫妇与胡适等人合影于上海

　　杜威原计划在中国待到当年夏天，然而到达后的第5天，五四运动爆发了。"对于五四运动非常感动"的杜威改变了计划，并两次续假，1921年8月2日才离开中国。

　　他先到了上海、杭州和南京，参观了一些地方学校和工厂，然后抵达北京，开始巡回演讲。两年多时间里，他一共作了二百多次演讲。

　　"在这些演讲中，杜威始终在讲述一件事，那就是他眼中真正的西方文明。他通过不同的角度不厌其烦地告诉中国人，现代西方文明的精髓在于精神文化，中国人若想从西方得到启示，就得从这一点着眼，来改造自己的民族精神。"（张宝贵《杜威与中国》）

5月，与蒋梦麟拜会孙中山，谈"知难行易"学说。

5月末，陪杜威夫妇至北京，随后多次为杜威演讲作口译。

6月，与李大钊共任《每周评论》编辑。

7月，作《多研究些问题，少谈些主义》，主张改良主义，引发与李大钊的"问题与主义"论战。

8月，作《新生活》。【正文 19 页】

8月，就《我的儿子》一诗与汪长禄通信。【正文 68 页】

9月，暂代北京大学教务长，至 11 月卸任。

請頒行新式標點符號議案
（修正案）

一，釋名

本議案所謂「標點符號」，含有兩屇意義：一是「點」的符號，一是「標」的符號。點，即是點斷，凡用來點斷文句使人明白句中各部分在文法上的位置和交互的關係的都屬於「點的符號」，標即是標記，凡用來標記詞句的性質種類的都屬於「標的符號」。

因此我們想請教育部把這幾種標點符號頒行全國，使全國的學校都用符號幫助教授，使全國的報館漸漸採用符號，以便讀者；使全國的印刷所和書店早日造就出一班能排印符號的工人漸漸的把一切舊籍都用符號排印以省讀書人的腦力，以謀教育的普及這是我們的希望。

提議人
　馬裕藻　　周作人
　朱希祖　　劉復
　錢玄同　　胡適

八年十一月二十九日夜修正。

《请颁行新式标点符号议案》修正案（节选）

11 月 29 日夜，完成与马裕藻、周作人、朱希祖、刘复、钱玄同联名提议的《请颁行新式标点符号议案》修正案。

议案中说明了使用标点符号的必要性，并列出句号、点号、分号、冒号、问号、惊叹号、引号、破折号、删节号、夹注号、私名号、书名号共 12 种标点符号用法。最终，国语统一筹备会议决通过此议案。

作《差不多先生传》。【正文 22 页】

1920 年

2 月 2 日，北洋政府教育部发布第 53 号训令《通令采用新式标点符号文》。启用中国第一套法定新式标点符号。

胡适的《中国哲学史大纲》是我国最早用新式标点的书。该书出版时，胡适特送了一本给章太炎，上写"太炎先生指谬"，下署"胡适敬赠"，在两人名旁各加了一条黑杠符号。

章弄不清这个符号的作用，看到自己名旁加了黑杠，不禁大骂："何物胡适！竟在我名下胡抹乱画！"及至看胡的名旁也有黑杠，才消了气说："他的名旁也有一杠，就算互相抵消了罢！"

3月，出版《尝试集》，系中国现代文学史上第一部白话诗集。

6月，搬入北河沿钟鼓寺14号居住。

钟鼓寺14号（今钟鼓胡同17号）

8月，与蒋梦麟、陶孟和、李大钊、高一涵等联名发表《争自由的宣言》。并在上海举行谈话会，讨论"争自由"的问题。

8月16日，女儿素斐出生。

9月，与蔡元培、李大钊等发起成立北京大学赈灾会。

10月，被举为北京大学评议会评议员兼出版委员会委员长。

年底，与《新青年》脱离关系。

1921年

4月，为北京高等师范平民学校作校歌。

6月16日，作《吴虞文录》序，首次提出"打孔店"。此后，这一口号在新文化运动中广泛流传使用，衍成"打倒孔家店"。

12月17日，次子胡思杜出生。思杜者，思杜威也。

1922年

2月19日，在平民中学作演讲《学生与社会》。【正文105页】

4月25日，当选为北京大学教务长及英文学系主任。

《努力周报》

5月7日，创刊《努力周报》。

5月17日，清废帝溥仪电约邀请胡适进宫会面。30日上午，胡适从神武门进宫，于养心殿拜会溥仪，并就政治、军事以及个人发展事宜进行深入的交谈。

10月，至济南出席全国教育会联合会第八次会议，起草新学制修正案。

经过激烈的争论，这次济南会议上通过了"新学制"改革方案（因1922年是壬戌年，故史称"壬戌学制"）。

改革方案彻底放弃了沿袭日本的旧学制，转向英美学制。新学制分初等、中等、高等教育三段。普通教育阶段模仿美国"六、三、三"制，即小学6年、初中3年、高中3年。但按照中国国情，小学又分两段：初小4年、高小2年。高中实行学分制和分科制，分普通、农、工、商、师范、家事等科，将职业教育纳入普通教育，又说明"但得酌量地方情形，单设一科或兼设数科"。

新学制十分重视教育为社会发展服务，并兼顾人的个性发展，又针对各地实际情况不同，提出了"多留各地方伸缩余地"的改革思路，是中国现代教育史上影响最深刻的一次变革。

1923 年

3 月，被中国教育改进社推举为出席旧金山万国教育会议之代表。

5 月，参加"科学与玄学"的论战。

作为科学派的重要人物，胡适在论战中提出了自己的"十诫"，从生物学、物理学、地质学、心理学、社会学等角度解读人生观。

9 月，同张彭春、徐志摩、梁实秋、陈源（西滢）等文友在北京筹备组织文学社"新月社"。最初为小型聚会，后发展成俱乐部形式举办活动。

11 月，在上海商科大学佛学研究会作演讲《哲学与人生》。

【正文 07 页】

1924 年

10 月，推荐王国维为清华学校研究院院长。

12 月 13 日，创办《现代评论》。

1925 年

5 月，女儿素斐因病夭亡。

6 月，与罗文干联名写信给北京政府外交总长沈瑞麟，强调以"五卅"惨案为起步，与各关系国修改外国人在中国享有特殊地位之条约。

夏初，搬至陟山门 6 号。

> 陟山门 6 号位于景山西面、北海东面，为林长民（林徽因的父亲）的住宅。1925 年底，郭松龄、林长民二人发动兵变未果，均被杀害，林长民的住宅只好出让。胡适友人丁文江从中联络，帮助租下，连同林宅的家具、皮沙发等，都顶下来了。
>
> "钟鼓寺的房子是寻常老百姓家，陟山门的房子却是官僚政客的公馆了。房子宽敞很多了，院子也大，气派也两样了，有长廊，厨房中有机井。林家原有的家具陈设及皮沙发等，出了顶费全部买过来了。"（石原皋《闲话胡适》）
>
> 1926 年春，胡适与其师郭秉文等人在美国发起成立华美协进社，游历英国、法国、美国、日本诸国，1927 年春归国。这期间，陟山门 6 号的房子只是他的家人在住。

9 月，在武昌大学国文系作演讲《谈谈〈诗经〉》。【正文 134 页】

10 月，到上海治病。在此期间，至政治大学、大夏大学、中国公学讲授中国哲学，并与郑振铎、高梦旦同游南京。

1926 年

7 月 27 日，作《介绍几部新出的史学书》。【正文 147 页】

12 月 31 日，坐轮船去美国，在纽约、费城等地游历并演讲。

1927 年

3 月，向哥伦比亚大学提交博士论文——《先秦名学史》100 册，完成学位手续。

4 月 12 日，由西雅图上船回国。24 日到达日本横滨，暂住 23 天，游历了京都、奈良、大阪等地。

5 月底，回到上海，与徐志摩、闻一多、梁实秋等集股创办新月书店，被选为董事长及编辑委员会委员。

6 月 29 日，被选为中华教育文化基金董事会董事，兼任秘书。

8 月 26 日，作《拜金主义》。【正文 65 页】

12 月 1 日，在蒋介石与宋美龄婚礼上结识蒋介石。

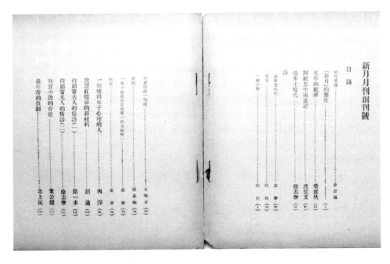

《新月》月刊创刊号目录

1928 年

3 月 10 日，新月社创办《新月》月刊。徐志摩、罗隆基、胡适、梁实秋等任编辑。

4 月 30 日，就任中国公学校长，自兼文理学院院长。

5 月，在苏州青年会上作演讲《科学的人生观》，对 1923 年提出的"十诫"进行了重申和补充。【正文 13 页】

5 月，赴南京出席全国教育会议。

6 月 29 日，在中华教育文化基金董事会第四次董事年会上，当选为名誉秘书。

9 月，与中国公学同事杨亮功、高一涵等创办《吴淞月刊》。

12 月初，在中国公学作演讲《打破浪漫病》。【正文 25 页】

1929 年

2 月 17 日，参加梁启超追悼会，送挽联云："文字收功，神州革命；生平自许，中国新民。"

10 月，国民党政府教育部训令中国公学，内称："该校长言论不合，奉令警告。"胡适即致电教育部长蒋梦麟，对"训令"逐条加以反驳。

1930 年

5 月 19 日，坚辞中国公学校长职务，以缓解当局对中国公学的压力。

11 月下旬，在上海青年会作演讲《为什么读书》。【正文 84 页】

11月28日，全家从上海迁到北平，住米粮库4号。

20世纪30年代的米粮库是新文化人聚居区。一号住着陈垣、傅斯年，三号住着梁思成、林徽因，四号住着胡适。米粮库4号的大宅子是著名的社交场所和文化沙龙，与周作人的"苦雨斋"、林徽因的"太太的客厅"共同构成了一种新文化生态。

1932年

5月22日，与蒋廷黻、丁文江、傅斯年等合办的《独立评论》创刊。

6月27日，于北京大学毕业典礼上作演讲《赠与今年的大学毕业生》。

一个国家的强弱盛衰，都不是偶然的，都不能逃出因果的铁律的。我们今日所受的苦痛和耻辱，都只是过去种种恶因种下的恶果。我们要收将来的善果，必须努力种现在的新因。一粒一粒的种，必有满仓满屋的收，这是我们今日应该有的信心。

我们要深信：今日的失败，都由于过去的不努力。

我们要深信：今日的努力，必定有将来的大收成。

1933 年

1 月 30 日，中国民权保障同盟北平分会成立，被举为主席。

3 月 19 日，找何应钦、于学忠，策动中日停战谈判。

4 月 9 日，上海《申报》的"人寿保险专刊"第四期，刊出了胡适的一幅题词，堪称中国知名学者向国人推荐人寿保险的一次"先例"。题词如下：

胡适为"人寿保险专刊"所作题词

人寿保险含有两种人生常识：第一，"人无远虑，必有近忧"，所以壮年要作老年的准备，强健时要作疾病时的计划。第二，"日计不足，岁计有余"，所以微细的金钱，只须有长久的积聚，可以供重大的用度。

自"新文化运动"以来，作为"开风气之先"的新派学者代表人物，胡适在推行中国社会现代化方面可谓不遗余力。从推行白话文、简化字、标点符号，到讲求科学、提倡文明，胡适均身体力行，向国人倡导现代化生活方式与理念。此刻推荐民众参投保险，实际上也是在倡导一种稳健的公众理财方式。胡适也算得上中国最早一位人寿保险代言人了。

1934 年

1 月 23 日，作《"旧瓶不能装新酒"吗？》【正文 77 页】

5 月，应傅作义之请，为第五十九军抗日烈士撰写墓碑和铭。

8 月，与蒋梦麟、吴俊升、翁文灏等在庐山举行的国防设计委员会会议上，提出"用试验方法修正中小学教育制度以适应国情案"。

9 月 4 日，作《大众语在哪儿》。【正文 178 页】

1935 年

1 月 5 日，接受香港大学名誉法学博士学位。

5 月 27 日夜，作《今日思想界的一个大弊病》。【正文 170 页】

12 月 9 日，"一二·九"运动爆发，在北京大学发表公开演说，反对学生罢课。

1936 年

8 月 15 日至 29 日，在美国参加第六届太平洋国际学会大会，会上被选为该会副主席。

9 月 16 日至 18 日，应邀参加哈佛大学三百周年纪念庆典，并接受哈佛大学授予的名誉文学博士学位。

1937 年

7 月 11 日，到庐山，受到蒋介石的接见，随后参加蒋介石主持的座谈会。胡适向蒋介石陈述七七事变后北平的局势和民众情绪愤激的情形，主张不能放弃河北来屈和日本。

7月20日，在"庐山座谈会"的教育组谈话中发表国防教育的四点意见。

1．国防教育不是非常时期的教育，是常态的教育。

2．如果真需要一个中心思想，那么，"国家高干一切"可以作共同行动的目标。

3．主张恢复"有同等学力者"一条招考办法。（以救济天才，以阻止作伪犯罪。）

4．教育应该独立，其涵义有三：

①现任官吏不得作公私立大学校长、董事长；更不得滥用政治势力以国家公款津贴所长的学校。

②政治的势力（党的势力）不得侵入教育。中小学校长的选择与中小学教员的任聘，皆不得受党的势力的影响。

③中央应禁止无知疆吏用他的偏见干涉教育，如提倡小学读经之类。

8月，积极参与和发动在南京成立临时大学。

这项教育计划促成了战时著名的西南联合大学的成立，为抗战以及以后中国的发展培养了大批精英，如杨振宁、李政道等，为中国的科学、教育、文化事业做出了巨大贡献。

9 月 7 日，与蒋介石晤谈。受蒋委托，以非官方身份去欧美访问，做抗日宣传与外交联络工作，争取欧美民主国家对中国抗战的同情与支持。

胡适此次赴美，与美国政界高层积极会谈，并大量发表公开演讲，意在赢得美国上下对中国抗战的支持。据统计，胡适此次以非官方身份出访，"共五十一天，共作五十六次演说"，平均每天一次以上演说。

10 月 1 日，应加州旧金山哥伦比亚广播电台的邀请，发表"中国处在目前危机中对美国的期望"的广播演说。

10 月 8 日，到华盛顿拜会中国驻美大使王正廷。

10 月 20 日，在王正廷大使的陪同下，到白宫拜访美国总统罗斯福。

胡适拜访美国总统罗斯福

罗斯福对胡适的印象极好，说："胡大使名遍世界，今出任大使，必能更进一步促进中美之谅解。"王世杰也说，他亲见罗斯福给蒋介石的信上写有"于适之信赖备至"的赞语。

1938 年

7 月 20 日，接到蒋介石要求就任驻美大使的电报，考虑一周后毅然决定应命。

10 月 5 日，赴华盛顿就任驻美大使。

胡适在自己照片上的题诗

10 月 31 日，作《题在自己的照片上，送给陈光甫》诗，表其志曰："做了过河卒子，只能拼命向前。"

12 月 15 日，经过艰难交涉，与陈光甫一同争取到美国 2500 万元的桐油借款。

> 胡适与 9 月赴美筹划借款事项的陈光甫在为期数月的合作中实现了为国筹款的目标，在短期内速成众多政坛外交精英长时间都未能完成的事。
>
> 这次借款的成功，不仅加强了中美外交的友好关系，也极大地鼓舞了中国军民坚持抗战的信心。

1939 年

1 月，与张彭春在美国发起"不参加日本侵略的美国委员会"，聘请美国前国务卿为名誉会长。

6 月 6 日，接受哥伦比亚大学名誉法学博士学位。

1941 年

3 月 28 日，接受加利福尼亚大学授予的名誉法学博士学位。

5 月，接受加拿大麦基尔大学授予的名誉法学博士学位。

6 月，接受美国密特勃雷大学授予的名誉法学博士学位。

6 月，在美国普渡大学毕业典礼上作演讲"Intellectual Preparedness"。郭博信中译为中文，即《知识的准备》。【正文 120 页】

12 月 7 日，罗斯福直接致电胡适，"方才接到报告，日本海、空军已在猛烈袭击珍珠港。"次日，美、英对日宣战，太平洋战争爆发。

1942 年

7 月，国民政府在美国纽约市公祭抗日阵亡将士与死难同胞。时任驻美大使的胡适与国民政府驻美军事代表团团长熊式辉一同出席。

8 月 15 日，收到国民政府免职电文。

9 月 8 日，辞去驻美大使一职。

9 月 18 日，离开华盛顿，迁居纽约，从事学术研究。

1944 年

12 月 17 日，与张伯苓、于斌、蒋梦麟、林语堂发表联合宣言，要求同盟国修改战略，并采取有效军事行动，打击中国战场上的日军。

1945 年

1 月 6 日至 17 日，赴弗吉尼亚出席太平洋学会第九次会议，讨论战后太平洋局势。

胡适与傅斯年、胡祖望在北平

4 月 25 日，作为国民政府代表团代表之一，在旧金山出席联合国的制宪会议。

9 月 6 日，被国民政府任命为北京大学校长，在回国之前暂由傅斯年代职。

11 月，以国民政府代表团首席代表的身份，在伦敦出席联合国教育、科学、文化组织会议，制订该组织的宪章。会议期间，接受英国牛津大学授予的名誉博士学位。

1946 年

7 月 29 日，与长子祖望一同返回北平，入住王府井大街东厂胡同 1 号。

此时的东厂胡同 1 号是北京大学文科研究所的办公地点。因为房子富余，学校分配一部分给他这个校长住，其他如傅斯年、范文澜等北大名流，也在此居住。

9 月，就任北京大学校长。

1947 年

春，国民政府拟委他为考试院长及国府委员，未接受，说："不入政府，则更能为政府助力。"

5 月，与北京大学、清华大学一些教授组织"独立时论"社。

8 月 26 日，至南京，出席中央研究院第一届院士选举筹备会。曾与蒋介石晤谈，提出发展教育的十年计划。

11 月 12 日，被选为久大盐业股份有限公司董事长。

12 月 6 日，主编的《申报·文史》周刊第一期出版。

1948 年

3 月 30 日，王雪艇代蒋介石传话。蒋意欲宣布自己不竞选总统，而提名胡适为总统候选人。

> 蒋介石认为，中华民国宪法为内阁制，实权在内阁，中华民国大总统应为虚位，请公正人士较佳，所以提名无党籍的胡适参选首届中华民国宪政民主选举总统，打算等胡适当上总统后再任命蒋中正为中华民国行政院长。但绝大多数国民党军政要人对此并不买账，胡适参选总统一事也不了了之。

8 月 12 日，在北平空军司令部作演讲《人生问题》。【正文 02 页】

1949 年

1 月 14 日，听到中国共产党提出的"八项二十四款"和平条件，表示"和比战难"。

6 月 7 日，新任中华民国行政院长阎锡山发表胡适为外交部长，但遭胡适谢绝。

11 月 20 日，《自由中国》创刊号在台北出版，推其作名义上的"发行人"。

1951 年

8 月 11 日，写信结雷震，要求取消其《自由中国》杂志的"发行人"头衔，以示对国民党政府干涉言论自由的抗议。

1952 年

2 月，被联合国教科文组织聘为"世界人类科学文化编辑委员会"委员。

11 月下旬至年底，去台湾作演说和讲学。

胡适和蒋廷黻在纽约有意联合组织反对党以在台湾推行民主政治，但在胡适返台与蒋介石讨论后，遭到蒋介石的反对，以致组党失败。

12 月 27 日，在台东县公共体育场作演讲《中学生的修养与择业》。【正文 93 页】

1954 年

12 月，批判胡适思想运动兴起。

《胡适思想批判论文汇编》第一至三辑

1955 年，生活•读书•新知三联书店出版发行《胡适思想批判论文汇编》。胡适在美国搜集了这八本书，认真作了批注。

面对批判的声音，他不止一次表示："这些谩骂的文字，也同时使我感到愉快和兴奋……我个人四十年来的一点努力，也不是完全白费的。"

1957 年

6 月 4 日，用英文立一遗嘱。

9 月 21 日，次子思杜自杀身亡。

11 月 4 日，被蒋介石任命为"中央研究院"院长，未到任前，由李济代理院务。

1959 年

3 月 12 日，作《容忍与自由》。【正文 44 页】

12 月 27 日，在台湾"中国图书馆学会"年会上作演讲《找书的快乐》。【正文 162 页】

1960 年

2 月，发表《国事十问》，希望能"清除执政当局与舆论的隔阂""奋起改革"。

5 月 7 日，出席"中美文化合作会议"。

6 月 5 日，参加蒋介石欢迎艾森豪威尔的宴会，并与艾森豪威尔晤谈。

6 月 18 日，在台南成功大学毕业典礼上作演讲《一个防身药方的三味药》。【正文 113 页】

1961 年

2 月，参加台湾大学校长钱思亮的宴会。刚抵达时感到身体不适，送至医院脉搏跳至 135 次，痰中带血，医生诊断为冠状动脉粥样硬化性心脏病。此次住院两个月，后回家自养，但身体已日渐衰弱。

在病床上过七十大寿的胡适举手向道贺者答礼

11 月，病情恶化，至台湾大学医学院疗养。

1962 年

1 月，从台大医院出院。

2 月 14 日，参加第四次"全国教育会议"开幕式。

2 月 24 日上午，主持"中央研究院"第五次院士会议；下午 5 时，在蔡元培馆主持酒会。酒会行将结束，突发心脏病而去世。

10 月 15 日，胡适葬于南港"中央研究院"大门对面的山坡山。

胡适的墓碑上刻着这样一段话：

胡适于"中央研究院"第五次院士会议，这是他生前最后一张照片

胡适出殡前，赶来瞻仰遗容的台北民众

这个为学术和文化的进步，为思想和言论的自由，为民族的尊荣，为人类的幸福而苦心焦思，散精劳神以致身死的人，现在在这里安息了！

我们相信，形骸终要化灭，陵谷也会变易，但现在墓中这位哲人所给予世界的光明，将永远存在。